Mad Dog

Julien Evrard

Panique à la Convention Maudite de l'Angoisse

L'Atelier du chien Rêveur

Du Même Auteur :

50 ICÔNES DU NET

à connaître pour vous la péter dans les soirées mondaines.

50 EXPRESSIONS DU NET

d'avant-hier et quasiment aujourd'hui.

Illustrations de couverture : Yurie Lottie.

Dépôt légal : 1000000462715 Février 2019
ISBN : 978-2-9559992-2-6

Introduction

ATTENTION : Le livre que vous êtes en train de lire, n'est pas un livre ordinaire ! C'est une véritable aventure intéractive dont VOUS serez le protagoniste et c'est VOUS et seulement VOUS qui déciderez du sort de cette histoire par les choix que VOUS allez faire.

VOUS avez vu à quel point j'appuie sur le VOUS en le mettant en lettre capitale ? C'est pour reprendre le style des anciens *Livres dont VOUS êtes le Héros* qui faisaient tout un pavé énorme afin de vendre un texte à choix multiples. C'est comme le titre : la convention dans laquelle votre héros va se retrouver n'est pas plus maudite que mes fesses, mais ça faisait toujours bien de rajouter des adjectifs comme « Maudite » ou « de la Peur » ou « de la MORT » afin d'émoustiller le lecteur des années 90, très souvent un pré-adolescent en attente de sensations fortes.

Du reste, j'ai décidé de reprendre le côté amusant des *Livres dont VOUS êtes le Héros* sans en garder les trucs relous : il n'y aura pas de lancés de dés et vous avez le droit de revenir au paragraphe précédent en cas de mauvais choix au lieu de tout relire depuis le début, comme le spécifiaient les auteurs.
(De toute façon, qui faisait ça ?)

Une courte Histoire des *Livres dont VOUS êtes le Héros*

Mon lectorat étant assez jeune, il est peut-être probable qu'il n'ait pas connu les *Livres dont VOUS êtes le Héros* et un rapide cours d'Histoire s'impose.

Les *Livres dont VOUS êtes le Héros* (souvent abrégé LDVELH par les puristes) était une collection de livre-jeux édités chez Folio Junior (Gallimard) dans les années 1980 et 1990. Ce sont des textes intéractifs, s'étalant entre 200 et 400 paragraphes à choix multiples et une centaine de pages.

L'origine de ce type de récits peut remonter jusqu'au XIXe siècle et on trouve déjà en 1967 chez Raymond Queneau, une histoire nommée *Un conte à votre façon* qui en reprend la structure. Mais la naissance de ce genre de récits est plus à lié à la création de *Donjons et Dragons* en 1975 et celle, plus générale, du genre du « jeu de rôles ».

Certains créateurs se mirent à imaginer des scénarios de jeux de rôles pouvant se jouer tout seul. En informatique, cela donnera

Colossal Cave Adventure (1975) l'ancêtre du « jeu textuel », du Point n'click et plus ou moins du RPG et en version livre les *Fighting Fantasy.*

Au début des années 1980, les deux créateurs de la marque d'édition de jeux de rôles *Games Workshop*, Steve Jackson et Ian Livingstone, décident d'écrire des scénarios de jeux de rôles pouvant se jouer tout seul, le livre faisant office de « maître de jeu » qui guide le lecteur. En 1982, leur premier livre *Le Sorcier de la Montagne de feu* (*The Warlock of Firetop Mountain*) impressionne par le nombre de paragraphes proposés (400) le nombre de choix, ainsi qu'un système de caractéristiques, de dés et d'énigmes.

Logo de la collection *Défis Fantastiques*

En effet, afin de simuler une partie de jeux de rôle, le lecteur est amené à faire une véritable fiche de personnage (avec des caractéristiques imprimées au début du livre) doté d'un certain nombre de points de vies qui peuvent chûter ou augmenter au fil de l'aventure et que le joueur note manuellement, souvent avec un crayon et une gomme. (Ou avec un stylo bille pour les moins attentionnés, ce qui fait que beaucoup de livres trouvés d'occasions contiennent des annotations et des ratures dans les premières pages.)

L'aventure est ponctuée par des rencontres avec différents ennemis dont l'issue est déterminée au dé (même si les plus flemmards se contentaient juste de dire « on aura qu'a dire que j'ai gagné » et de lire le paragraphe correspondant à la victoire.) Le livre comportait aussi des énigmes mathématiques, permettant de déterminer le chiffre du paragraphe final. Car mettre le paragraphe décrivant la victoire à la fin du livre aurait été la porte ouverte pour les nombreux petits malins souhaitant lire la conclusion de l'histoire sans se fouler.

Le succès collossal du *Sorcier de la Montagne de feu* ouvrira la porte à toute une collection de *Fighting Fantasy (Défis Fantastiques)* se déroulant dans un univers médieval fantastique qui s'étoffera au fil des ans, puis le lancement de nouvelles collections comme *Loup Solitaire*, *Sorcellerie*, *La Voix du Tigre*, écrites par de nouveaux auteurs et se déroulant dans de nouveaux univers.

Logo de la collection *Loup Solitaire*

Si l'imaginaire lié aux jeux de rôles est toujours prédominant, on trouvera de tous les genres : science fiction, humour, horreur, récit historique, etc... ainsi que de nouvelles règles et des caractéristiques plus ou moins complexes selon les auteurs.

La ligne éditoriale, en visant les fans de jeux de rôles, s'adressait plutôt à un public adolescent, ce qui explique une certaine foison d'adjectifs liés à l'effroi dans les titres, des couvertures mettant en scène des monstres et des illustrations intérieures effectuées par des dessinateurs assez liés au monde du jeux de rôle.

En France, la plupart de ces livres seront traduits afin de garnir la collection *Les Livres dont VOUS êtes le Héros* même si Gallimard fait aussi appel à des auteurs maison afin d'écrire de nouvelles collections. Certains d'entre eux auraient même pris un pseudonyme anglais bidon pour donner plus d'authenticité.

L'engouement pour *les Livres dont VOUS êtes le Héros* s'éteindra au début des années 90, le genre n'arrivant pas à séduire une nouvelle vague d'adolescents. Toutefois, une nouvelle fournée de livres-jeux firent leur réapparition au début des années 2000 dans de nouvelles collections.

De plus, le genre a grandement inspiré un type de jeu vidéo appelé *Visual Novel.* Même si ces récits intéractifs sont nés au japon et ont une origine relativement différente, la multiplicité des choix et la notion de « bonne » ou « mauvaise » fin emprunte beaucoup à l'univers des *Livres dont VOUS êtes le héros.*

Ma Feuille d'Aventure

Argent:

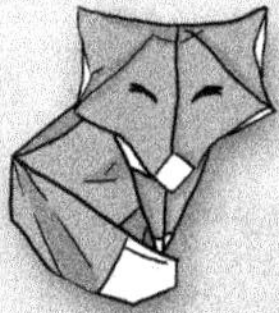

Inventaire:

Une Demande Infernale

Le samedi que vous venez de vivre fut sans doute l'un des plus fatigant de votre existence.

Pourtant tout avait bien commencé : après une grasse matinée bien méritée et un début d'après midi passé à glander en regardant des vidéos YouTube, il était prévu de commander une pizza pour dîner et de passer une soirée *Netflix and Chill.*

Au lieu de cela, vous voilà en train d'attendre plusieurs heures dans la salle des urgences bondés de l'hôpital le plus près de chez vous. En effet, au milieu de l'après-midi votre petit frère fut pris de fièvre et d'un mal de ventre atroce et vous avez été désigné pour l'accompagner au SAMU. Après de longues heures d'attente, le verdict fini par tomber : c'est une appendicite.

Si celui-ci a été opéré assez vite et qu'il devrait quitter l'hôpital dans le cours de la semaine, son visage devint pâle lorsque les médecins lui ont annoncé qu'il devrait revenir le samedi prochain pour se faire ôter les fils.

Et pour cause : cela fait des mois que celui-ci avait prévu d'aller à MANGA MEGA MANIA : un salon de manga et de jeux vidéos dans lequel il avait prévu de pouvoir enfin y rencontrer ses idôles venues d'internet. Impossible pour lui d'y aller le dimanche : c'est le jour du traditionnel repas chez mamie.

Afin de calmer les pleurs de votre petit frère, votre mère lui fait promettre que quelqu'un ira à sa place et viendra lui rapporter les précieux autographes. Elle vous lance un regard assez équivoque qui signifie que c'est vous qui serez chargé de cette mission.

« Tu t'y connais mieux que moi dans les mangasses et les jeux électroniques » argumente t-elle et c'est un peu à contre-coeur que vous promettez à votre mère de vous charger de cette mission, même si, au fond, vous n'aviez pas vraiment envie d'y aller.

C'est sur son lit d'hôpital, des larmes mal séchées au coin des yeux que votre frangin vous parle de ses stars favorites dont il veut absolument avoir l'autographe. Vous prenez succintement des notes car ses descriptions ne sont pas très précises.

Vous vous retrouvez avec une liste de trois noms suivis de ce que vous avez retenu d'eux.

- *Brozzo le clown :* (YouTuber. Il était sur la chaine comique *Golem Pistache*. Il fait maintenant des vidéos de prank et des lives où il joue au Chi Fu Mi avec son pote MaxFlow, celui qu'on voit dans le même « mais oui, c'est toi qui décide !! » Très drôle.)
- *Tanukette Cosplay :* (Cosplayeuse. Sélectionnée pour la demi-finale l'ECG (Qu'est ce que c'est ?) Très jolie. A fait des cosplays de Skyrim, Zelda et Lol. A l'air très gentille.)
- *Fraglord :* (Il a une chaine Twitch, il joue à *Overwatch* et il est super fort.)

Vous promettez du bout des lèvres de faire votre possible pour aborder ces personnes et leur soutirer la petite signature tant désirée.

Mais au fond de vous, vous paniquez un peu à l'idée d'importuner des gens dont vous ignorez tout. Si vous avez quelques bases, les univers geeks n'ont jamais été votre truc et vous n'avez jamais foulé le sol d'une seule convention de votre vie.

Le sort en est jeté

La semaine prochaine, vous quitterez le cocon douillet de votre chambre et abandonnerez le visionnage de votre série favorite pour partir au parc expo afin de vous retrouver dans un entrepôt ouvert à tous les vents, rempli de geeks, d'otakus et de pervers venus prendre des photos de jeunes filles déguisées en panda roux.

Un guide, en page *182* pourra néanmoins vous aider sur certains termes liés au monde des conventions geeks.

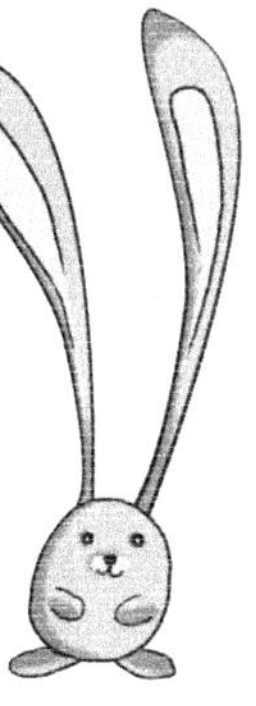

Comment jouer ?

Après avoir parcouru cette introduction, vous êtes invité à vous rendre au paragraphe **1** puis à continuer l'histoire en vous rendant aux paragraphes de vos choix. Vous me direz que c'est le principe de base d'un livre interactif, mais après tout, il y a bien des notices d'instruction sur les boites de cure-dents.

Vous commencez avec la somme totale de **20 euros**. Ce chiffre peut baisser ou augmenter. Vous pouvez le noter sur la fiche d'inventaire qui se trouve au début du livre (page *13* si ma mémoire est exacte) et si vous n'avez pas trop peur de l'abîmer. Toutefois comme il est probable que vous allez peut-être y rejouer, je serais vous, j'éviterais d'utiliser un stylo bic. Toutefois un post-it fait largement l'affaire ou si vous êtes courageux, votre mémoire.

Vous pouvez aussi à noter les différents objets que vous trouverez dans la convention. Une partie d'entre eux vous seront utiles, d'autres non et certains d'entre eux sont accompagnés d'un chiffre que vous devrez noter précieusement.

Ce livre a été pensé pour être rejoué plusieurs fois : ne vous découragez pas si vous ne trouvez pas les trois autographes lors de votre première exploration. D'ailleurs, il y a plusieurs façons de trouver certains objets et n'hésitez pas à revenir sur certains stands en début ou en cours de convention.

De plus, vous remarquerez en parcourant le livre qu'il se trouve des annotations entre-crochets, soit [BAD ENDING] ou [SUCCÈS] avec un numéro. Leurs fonctions sont expliquées à la page *184* en fin de volume, mais ils sont là pour récompenser les joueurs particulièrement trolls, ceux qui pensent en dehors de la boite et ceux qui aiment faire des trucs particulièrement stupide *« juste pour voir ce que ça fait. »*

Une dernière chose : Ce livre peut-être lu à voix haute dans les soirées entre amis, avec un lecteur ou une lectrice prenant la place du « MJ » tandis que les autres réfléchissent entre eux, ou choisissent à tour de rôle la marche à suivre. Ce qui est souvent l'occasion de grands débats ou de facepalm cosmiques.

Sur-ce, rendez vous au paragraphe **1**

1

Il vous reste une semaine avant l'ouverture de la convention. Vous décidez de passer l'après midi du dimanche à vous préparer pour l'expédition du week-end prochain. Qu'allez vous faire ?

Vous renseigner un peu sur la convention en allant sur leur site internet, rendez-vous au **146**
Passer un peu de temps avec Emilie, une copine fan de manga, rendez-vous au **152**
Aller sur YouTube histoire de vous "documenter", rendez-vous au **122**

2

Alors que vous fouillez des yeux le stand, vous reconnaissez quelques membre du petit groupe de cosplayeurs avec lequel vous aviez pris une photo. Ceux-ci vous reconnaissent et vous demandent votre avis au sujet d'un manga qu'ils souhaitent acheter. La discussion attire le vendeur, un homme débraillé aux cheveux en vrac, qui discute avec vous. L'ambiance est bon enfant mais les cosplayeurs doivent partir rejoindre un de leur pote sur un stand de *Dance Dance Revolution*.

Après le départ du petit groupe, le vendeur vous dit qu'il a de la sympathie pour vous et propose de vous faire une réduction sur l'article de votre choix.

Vous lui expliquez que votre budget est assez

limité. Il vous propose alors de faire du troc : si un objet issue de votre sac à dos l'intéresse, vous pouvez repartir avec un article.

Accepter l'offre, rendez-vous au **73**
La refuser, rendez-vous au **53**

3

Le stand consacré aux *activités japonaises diverses* est plus vaste que les autres et contient plusieurs tables alignées les unes à côté des autres afin de pouvoir effectuer différents travaux manuels. Vous y lisez que plusieurs ateliers y auront lieu aujourd'hui :
- *Origami*
- *Ikebana*
- *Calligraphie*
- *Introduction à l'art du haiku*
- *Essayage de kimono*

Un café à la main, la tête occupée à regarder son téléphone portable, le gérant du stand met du temps avant de remarquer votre présence. L'homme, chauve, s'adresse à vous chaleureusement. "Bonjour, l'atelier Origami va commencer d'ici quelques minutes, êtes vous intéressé ?"

Répondre par l'affirmative, rendez-vous au **138**
Ne pas perdre son temps à faire cela et refuser, rendez-vous au **145**

4

Le petit groupe ne semble pas faire attention à vous, tant tous semblent occupés par leur conversation. Toutefois, un adolescent déguisé en Naruto remarque que vous tenez un TICKET NUMÉROTÉ à la main.

"Toi aussi tu participe à la Catwalk ?" Vous dit-il. Il désigne alors deux de ses camarades, l'un déguisé en Captain America, l'autre costumée en Elsa "Eux deux seront aussi sur scène."

Vous ne portez pas de cosplay, rendez-vous au **193**
Vous portez un COSTUME DE PIKACHU, rendez-vous au **95**
Vous portez un costume de FRISK SIMPLE, rendez-vous au **21**
Vous portez un costume de FRISK RÉUSSI, rendez-vous au **220**

5

Devant vous un énorme stand avec des perruques dans des sachets plastiques : des brunes, des rousses, des blondes, des vertes, des violettes... Toutes sont largement plus cher que ce que vous ne pouvez vous permettre.

Après 5 minutes à les regarder, vous vous demandez pourquoi vous trainez encore ici et changez d'activité.

Aller au stand des T-shirts, rendez-vous au **202**
Aller au stand consacré aux livres sur les jeux vidéos, rendez-vous au **92**
Aller au stand de comic book d'occasion, rendez-vous au **157**
Sortir de la zone marchande, rendez-vous au **30**

6

À peine avez vous pris la manette et allumé le jeu que celui-ci se bloque et montre des bugs étranges à l'écran. Une des personnes qui s'occupe du stand vous explique qu'il fait ça depuis ce matin.

Jouer à Pong, rendez-vous au **148**
Jouer à Mario Kart, rendez-vous au **88**
Jouer Metal Slug, rendez-vous au **179**
Ressortir du stand, rendez-vous au **243**

7

Le gérant du stand vous remarque. Il vient vers vous."C'est la seconde fois que vous venez sur ce stand ?"
"C'est vrai" repondez-vous.
"Je suis désolé, mais nous aimerions que tous puissent profiter des activités. Comme vous avez déjà participé à un de nos ateliers, je me disais que vous pourriez laisser votre place aux gens qui sont nouveaux."
Vous acceptez poliment et ressortez de l'espace des activités japonaises diverses.

Vous vous rendez au stand d'Ikebana, rendez-vous au **228**
Vous allez tromper votre ennui en regardant les démonstrations d'Aïkido, rendez-vous au **41**
Vous décidez de vous approcher du stand de vente de voitures japonaises, rendez-vous au **19**
Vous sortez de la ZONE DES ACTIVITÉS JAPONAISES, rendez-vous au **90**

8

Une fois franchi l'entrée, vous vous apercevez que le Parc Expo est immense. Le festival a à peine commencé et il est déjà rempli de nombreuses personnes, cosplayées ou non, qui se baladent entre les très nombreux stands décorés avec d'immenses bannières.
Vous vous emparez d'un plan et commencez à le scruter. La convention est découpée en plusieurs grandes zones séparées selon les activités. Par laquelle voulez-vous vous rendre en premier ?

L'ESPACE JEUX VIDÉOS, rendez-vous au **236**
L'ESPACE VIDÉASTES YOUTUBE, rendez-vous au **114**
La SCÈNE COSPLAY, rendez-vous au **124**
LA ZONE DES ACTIVITÉS JAPONAISES, rendez-vous au **153**
Les BOUTIQUES et autres stands marchands, rendez-vous au **66**

9

Vous avouez au garçon barbu que vous êtes quelqu'un d'intègre et que vous refusez ce genre de paris. Celui-ci accepte vos principes. D'ailleurs, vous avez eu raison de refuser car celui-ci finit par vous battre à Pong.

Vous le saluez amicalement et vous vous levez de votre siège. Vous quittez le stand, rendez-vous au **243**

10

Vous vous inscrivez pour le cours de karaté. Après une demi-heure, vous et quelques volontaires vous retrouvez sur le tatami après avoir ôté vos chaussures. Des adolescents, vêtus de kimonos (sans doute des élèves du maitre) se joignent à vous.

Le maître est un petit homme nerveux, néanmoins il explique assez bien. Toutefois vous déchantez assez vite. Alors que vous pensiez apprendre quelques techniques vous permettant de vous battre, vous écoutez surtout une leçon sur les différents coups et leur noms en japonais (Atemi, Enpi, Haito, etc...) Néanmoins, vous êtes amenés à effectuer quelques gestes simples: des coups de poing, des coups de main tranchants dans le vide.

Soudain, alors que vous êtiez en train de faire une démonstration, votre voisin se loupe et sa main part dans votre direction. Que faites vous ?

Bloquer son geste avec vos deux mains, rendez-vous au **184**
Tenter d'éviter le coup en bougeant la tête vers la droite, rendez-vous au **58**
Tomber au sol, rendez-vous au **123**

11

L'idée de faire de la calligraphie ne vous enchante pas plus que ça, vous quittez le stand.

Vous allez au stand d'Ikebana, rendez-vous au **228**
Vous allez jeter un coup d'oeil au stand de vente de voitures japonaises, rendez-vous au **19**
Vous décidez de regarder les cours d'Aïkido sur le tatami, rendez-vous au **41**
Vous sortez de la ZONE DES ACTIVITÉS JAPONAISES, rendez-vous au **90**

12

Vous tendez l'autographe de BROZZO LE CLOWN à votre petit frère. Celui-ci semble un peu déçu de n'avoir que cela.

"Alors, il était sympa ?" Vous demande t-il. Vous n'avez pas coeur à lui dire vos galères ainsi que la façon assez peu polie avec laquelle son idole vous a traité. "Oui, il était sympa" mentez vous. Puis vous lui racontez les différentes choses que vous avez vues à la convention. À vrai dire, vous en inventez certaines, votre journée n'ayant pas été aussi palpitante que ça.

Le soir même, vous avez un peu de mal à vous endormir. Vous vous dites qu'en ayant fait les choses différemment, peut-être que vous auriez pu soutirer les autographes voulus par votre petit frère. Si seulement vous aviez une machine à voyager dans le temps.

[BAD ENDING N°1]

13

Au bout du stand, se trouve une séance de dédicace d'un livre dont le titre est *L'HISTOIRE DES FPS DE 1944 À NOS JOURS* par un certain Sebastien Benoit. Or, vous en reconnaissez l'auteur pour l'avoir vu plus tôt sur scène : c'est Fraglord.

Après avoir attendu qu'il finisse de dédicacer le livre d'un autre client, vous vous adressez à lui.
"Ça ne serait pas vous Fraglord ?"
"Effectivement, c'est le pseudonyme sur *Overwatch* qui m'a fait connaitre. Mais dans la vraie vie je suis journaliste spécialisé dans le jeux vidéo. Je peux faire quelque chose pour toi ?"
"Vous pouvez me signer un autographe ?"
"D'accord, mais pas sur papier libre. Mon éditeur m'a a l'oeil et si je signe autre chose que des livres, je vais me faire engueuler."

Or, le livre coûte la bagatelle de **15 euros**.

Payer 15 euros le livre, rendez-vous au **118**

Lui parler de votre petit frère pour tenter de l'amadouer, rendez-vous au **190**
Laisser tomber et revenir dans les allées, rendez-vous au **35**
Vous possédez déjà le livre et souhaitez le faire dédicacer, rendez-vous au **161**

14

Le stand consacré aux *activités japonaises diverses* est plus vaste que les autres et contient plusieurs tables alignées les unes à côté des autres afin de pouvoir effectuer différents travaux manuels. Il y a l'air d'y avoir pas mal de monde et des longs rubans de papier sont disposés sur les tables. La plupart des participants semblent adultes mis à part un jeune adolescent déguisé en Naruto.

Vous lisez via un panneau sur le mur que plusieurs ateliers auront lieu ici :
- *Origami (le mot est rayé d'un trait rouge au marqueur.)*
- *Ikebana (le mot est rayé cette fois-ci au trait noir.)*
- *Calligraphie*
- *Introduction à l'art du haïku*
- *Essayage de kimono*

Un homme chauve discute avec un petit groupe de personne.

Vous avez une PHOTO FLOUE dans votre

téléphone portable, rendez-vous au **110**
Vous possédez un ORIGAMI, rendez-vous au **116**
Vous possédez une FLEUR FANÉE, rendez-vous au **7**
Vous n'avez rien de tout cela, rendez-vous au **191**

15

Les deux dames japonaises qui tiennent le stand d'Ikebana semblent être réveillées par votre salutation.
"Bonjour mesdames." L'une d'elles sursaute avant de rendre votre bonjour. Vous jetez un coup d'oeil aux panneaux, expliquant l'art floral de l'Ikebana.

"L'ikebana (生け花?), également connu sous le nom de kadō (華道/花道?), « la voie des fleurs » ou « l'art de faire vivre les fleurs », est un art traditionnel japonais fondé sur la composition florale.
Au contraire de la forme décorative des arrangements floraux dans les pays occidentaux, l'arrangement floral japonais créer une harmonie de construction linéaire, de rythme et de couleurs. Ils ont développé un art qui valorise aussi bien le vase, les tiges, les feuilles et les branches que la fleur elle-même. La structure complète de l'arrangement floral japonais est axée sur trois points principaux symbolisant le ciel, la terre et l'humanité à travers les trois piliers, asymétrie, espace et profondeur. "

"Hummm, sûrement un copier/coller de wikipédia" vous dites vous en vous même.

"On fera une démonstation sur le stand des activités japonaises diverses en fin de matinée, n'hésitez pas à repasser." Vous dit l'une des dames alors que vous quittez leur stand.

Passer juste à côté sur le stand des *activités japonaises diverses*, rendez-vous au **3**
Jeter un coup d'oeil aux personnes effectuant une démonstration de judo, rendez-vous au **178**
Flâner près du stand de voitures, rendez-vous au **28**
Sortir de la ZONE DES ACTIVITÉS JAPONAISES, rendez-vous au **90**

16

Dix minutes après l'heure à laquelle la conférence aurait dû commencer celle-ci n'a toujours pas débutée. Les minutes passent. Au bout de vingt minutes un des membres de l'équipe de la MANGA MEGA MANIA vient au micro et annonce :
"Nous sommes désolés, mais en raison d'un événement imprévu la séance de questions-réponses avec Brozzo est annulée."

Tout le monde se lève, visiblement déçu. En passant devant la cabine de la régie vous entendez cette discussion entre deux bénévoles :

"Il s'est cassé, comme ça, pouf ?"
"Oui. Apparemment, il a même insulté l'organisateur du festival."
"Et pourquoi il a fait ça ?"
"Je sais pas. On raconte que ça viendrait d'un incident qui se serait passé dans les toilettes."

[SUCCÈS N°7]

Faire la file d'attente pour tester de nouveaux jeux vidéos, rendez-vous au **205**
Aller sur le stand consacré à *Touhou Project*, rendez-vous au **137**
Vous rendre sur le stand des jeux rétros, rendez-vous au **242**
Aller voir la personne déguisée en lapin géant et distribuant des tracts dans les allées, rendez-vous au **136**
Sortir de l'ESPACE JEUX VIDÉOS, rendez-vous au **32**

17

Un peu crevé par le fait d'avoir marché de stands en stands pendant de longues heures vous sortez et vous vous dirigez vers la sortie. Avant de franchir le portique, un bénévole vous prévient : "Attention toute sortie est définitive."

Vous sortez quand même, rendez-vous au **165**
Vous faites demi-tour pour vous diriger, au choix, vers l'ESPACE DES VIDÉASTES YOUTUBE,

rendez-vous au **114** ou vers les STANDS MARCHANDS, rendez-vous au **217** ou dans la ZONE DES ACTIVITÉS JAPONAISES, rendez-vous au **42** ou vers l'ESPACE JEUX VIDÉOS, rendez-vous au **65** ou vers la SCÈNE COSPLAY, rendez-vous au **47**

18

À peine êtes vous rentré que la porte s'ouvre violemment derrière vous. Un type avec une veste bien taillée, les cheveux bruns fait son apparition, l'air hautain. Celui-ci porte un badge montrant qu'il est invité par le festival. Sans un mot il se précipite en direction de la cabine des toilettes, bousculant la bénévole que vous accompagniez.

L'engueuler en expliquant que vous étiez là avant, rendez-vous au **175**
Le laisser passer, rendez-vous au **75**

19

En vous rendant sur le stand sur lequel sont alignées différentes voitures de marque japonaises, vous vous demandez bien qui cela peut intéresser. Les gens n'achètent pas une voiture sur un coup de tête comme ils achèteraient un manga ou un T-shirt. Vous êtes d'ailleurs étonné en arrivant près du stand puisqu'une personne semble être en grande discussion avec le vendeur. Celui-ci semble obnubilé par cet étonnant visiteur qui semble connaître par coeur la mécanique des voitures nippones.

Vous profitez que le vendeur ait le dos tourné pour tenter de rentrer dans une voiture, rendez-vous au **139**
Vous ne trouvez rien d'intéressant vous pouvez décider de retourner au stand d'Ikebana, rendez-vous au **228**
ou sur le stand consacré aux activités japonaises diverses, rendez-vous au **14**
Ou partir de la ZONE DES ACTIVITÉS JAPONAISES, rendez-vous au **90**

20

Vous décidez de vous arrêter là en estimant qu'un de ces jours, vous acheterez le jeu complet afin de le finir chez vous.

Vous constatez en vous levant qu'il y a beaucoup plus de monde que tout à l'heure dans l'espace jeux vidéos, non seulement le brouhaha général est plus bruyant, mais les stands attirent plus de monde. De plus, vous avez l'impression qu'une autre conférence à débuté dans l'espace dédié à celles-ci.

Faire la file d'attente pour les nouveautés jeux vidéos, rendez-vous au **205**
Vous rendre sur le stand consacré aux vieilles consoles de jeux, rendez-vous au **242**
Jeter un coup d'oeil aux conférences au **195**
Aller voir la personne déguisée en lapin géant,

rendez-vous au **136**
Sortir de l'ESPACE JEUX VIDÉOS, rendez-vous au **32**

21

Le garçon déguisé en Naruto continue à vous parler. "Hé mais, tu portes un cosplay tiré d'Undertale. J'aime bien Undertale moi."
Vous commencez tout les deux à entamer une conversation autour de ce jeu vidéo, tandis que les autres membres du groupe de cosplayeurs semblent vous ignorer.

Peu de temps avant le début de la prestation cosplay, celui-ci vous encourage et dit même qu'il souhaite prendre un selfie avec vous. Vous tentez alors de vous prendre en photo, mais vous n'obtenez qu'une PHOTO FLOUE sur votre téléphone portable. Vous pouvez noter celle-ci dans votre inventaire.

Vous prenez place dans la zone d'attente pour passer sur la scène. Votre tour arrive. Un bénévole vous prend LE TICKET NUMÉROTÉ que vous pouvez rayer de votre inventaire. Vous montez sur scène, rendez-vous au **130**

22

Face à votre longue feuille de papier et votre pinceau couvert d'encre, vous hésitez. L'animateur de l'atelier vient pourtant de vous faire un exposé sur l'art de l'écriture à la japonaise, le shodo et les différentes techniques, cela ne vous dit pas quoi faire. De plus, tout le monde vous regarde, ce qui vous stresse.

Partir en free-style et tenter de faire un beau geste, rendez-vous au **238**
Tenter d'imiter le premier mot japonais que vous voyez, rendez-vous au **23**

23

En observant un mot épinglé sur le mur, vous tentez d'en reproduire le tracer. L'exercice est lent mais appliqué. Le résultat est assez potable et vous l'appréciez bien, jusqu'au moment où le moniteur vous informe que vous avez écrit la sentence *"Interdit d'uriner ici."*

Vous vous dites que cela peut faire illusion du moment que personne ne s'en aperçoit. Vous repartez avec la FEUILLE CALIGRAPHIÉE et la mettez dans votre sac à dos. Pensez à la noter dans votre inventaire.

Vous sortez de l'atelier calligraphie, rendez-vous au **208**

24

Vous vous dirigez vers le stand des dédicaces. En attendant que des cosplayeurs invités viennent dédicacer, un petit groupe de bénévoles discute juste à côté du stand. Vous vous approchez d'un air distrait de celui-ci. Sur la table est scotché le nom des différents invités, parmi celui-ci se trouve le nom de Tanukette cosplay. Au bout du stand se trouve une boutique dédiée à la pratique de la discipline (perruques, colliers, ouvrages sur le cosplay) bien trop chère pour votre budget.

Vous vous adressez aux bénévoles pour vous inscrire au concours de cosplay amateur, rendez-vous au **180**
Vous préférez plutôt aller sympathiser avec le groupe de cosplayeurs avant, rendez-vous au **93**
Vous sortez de la ZONE COSPLAY, rendez-vous au **38**

25

Ce nouveau concours de cosplay semble bien supérieur au précédent. Les personnes qui défilent sur scène semblent avoir bossé pendant des mois pour confectionner leur costume et ont même créé leur chorégraphies. De plus, vous êtes impressionnés par les nombreux soins apportés à la mise en scène. Après une heure de spectacle il est temps de bouger.

Vous vous rendez au stand de dédicaces, rendez-vous au **173**

Vous sortez de la ZONE COSPLAY, rendez-vous au **38**

26

Vous, ainsi qu'une petite dizaine de personnes, vous suivez l'atelier consacré à l'Ikebana.

Vous vous retrouvez donc avec des fleurs devant vous que vous devez disposer dans un vase et vous ne comprenez pas grand chose aux explications prodiguées par la dame japonaise qui anime l'atelier. Celle-ci vous parle d'harmonie, de ciel, de terre et d'humanité. Vous tentez d'arranger les choses à votre façon avant de vous résigner à faire bouger une ou deux fleurs de temps en temps sans trop comprendre pourquoi vous le faites.

Vous ressortez du cours en vous disant que vous avez "probablement" appris quelque chose. Toutefois vous avez réussi à prendre une FLEUR FANÉE qui trainait par terre, en vous disant que ça pourra toujours servir.
Où voulez vous vous rendre dorénavant ?

Du côté des voitures japonaise, rendez-vous au **19**
Sur l'espace dédié aux arts martiaux pour voir un cours d'Aïkido, rendez-vous au **41**
Vous en avez assez des activités japonaises et vous sortez de la ZONE DES ACTIVITÉS JAPONAISES, rendez-vous au **90**

27

Vous donnez le livre *L'HISTOIRE DU FPS DE 1944 À NOS JOURS.* Votre petit frère fronce les yeux.
"Ça n'est pas ce que j'avais demandé."
"Ouvre-le" Insistez-vous.

Son visage s'illumine en lisant la dédicace de Fraglord, ainsi que lorsque vous lui montrez le selfie que vous avez fait avec lui. Vous racontez votre rencontre ainsi que la façon très sympathique dont le streamer vous a accueilli.

"Et les autres, ils étaient comment ?" Demande votre frangin. Vous faites la grimace. Votre frère apprend alors que vous n'avez pas réussi à aller jusqu'au bout de sa requête.

Trois jours plus tard, alors que vous marchez dans la rue, un doute vous assaille. Aviez-vous exploré toutes les pistes possibles afin de pouvoir obtenir ces dédicaces ? Depuis, cette question ne vous quitte plus et il ne se passe pas une journée où vous ne vous dites pas que vous auriez pu faire les choses différemment.

[BAD ENDING N°2]

28

Votre regard est attiré par ce stand au loin qui

présente une poignée de voitures neuves. Le vendeur s'approche de vous. Vous lui demandez ce qu'un stand de vente de voitures fait dans une convention. Celui-ci vous répond par cette phrase laconique :"C'est aussi un produit japonais. Vous êtes intéressé ?"

La proposition vous fait rire intérieurement. Vous avez déjà galéré rien que pour payer le billet d'entrée pour la convention... alors acheter une voiture flambant neuve. Le vendeur repart vers d'autres clients potentiels.

Profiter que le vendeur ai le dos tourné afin de tenter de rentrer dans une des voitures, rendez-vous au **139**
Discuter avec les femmes sur le stand floral d'Ikebana, rendez-vous au **15**
Vous rendre au stand des *activités japonaises diverses*, rendez-vous au **3**
Vous approcher du tatami où des démonstrations de judo ont lieux, rendez-vous au **178**
Sortir de la ZONE DES ACTIVITÉS JAPONAISES, rendez-vous au **90**

29

Un quart d'heure après l'heure supposée de démarrage de la F.A.Q. rien n'a encore commencé. Autour de vous le public commence à s'impatienter et vous entendez le chuchotement d'une adolescente qui a peur que ça ne soit annulé.

Et c'est effectivement le cas, car dix minutes plus tard, un des organisateurs du festival monte sur scène afin d'expliquer que Brozzo ne pourra pas venir répondre aux questions du public. Il assure néanmoins que celui-ci sera là demain.

En sortant de l'espace de conférence vous entendez deux bénévoles discuter ensemble :
"Chaque année c'est pareil : le mec dit qu'il va faire une conférence et jamais il ne se pointe."
"Et tu sais où il est ?"
"Ouais, dans sa chambre d'hotel."

Où décidez vous de vous rendre ?

Entrer dans la file d'attente pour tester des jeux vidéos qui viennent de sortir, rendez-vous au **205**
Aller sur le stand consacré à *Touhou Project*, rendez-vous au **137**
Vous rendre sur le stand des jeux vidéos anciens, rendez-vous au **242**
Aller voir la personne déguisée en lapin géant et distribuant des tracts dans les allées, rendez-vous au **136**
Sortir de l'ESPACE JEUX VIDÉOS, rendez-vous au **32**

30

Vous quittez le coin des stands marchands et décidez de partir faire des activités ludiques. Où souhaitez vous aller ?

À L'ESPACE JEUX VIDÉOS, rendez-vous au **65**
À la ZONE DES VIDÉASTES YOUTUBE, rendez-vous au **156**
Dans la ZONE DES ACTIVITÉS JAPONAISES, rendez-vous au **42**
Près de la SCÈNE COSPLAY, rendez-vous au **47**
Vous décidez de sortir de la convention, rendez-vous au **17**

31

La scène est composée d'une estrade d'environ un mètre de haut pour une longueur et une profondeur de plusieurs dizaines de mètres et totalement inoccupée. À son entrée, un bénévole fait le guet pour éviter que des intrus ne montent dessus. Celui-ci semble s'ennuyer.

Au dessus de la scène sont affichés les horaires des différentes prestations de cosplay qui auront lieu dans la journée. Le bénévole, cherchant un moyen d'occuper le temps s'adresse à vous.
"Vous vous êtes inscrit à un des concours de cosplay, vous ?"
"Non, pas vraiment."
"Ha vous pourriez. En ouverture, il y a des catwalks, ce sont des sessions ouvertes à n'importe qui, j'ai entendu dire qu'ils manquaient de gens."

Si vous voulez suivre son conseil et vous diriger vers les stands pour s'inscrire au concours, rendez-vous au **24** ou bien vous pouvez décider plutôt de rejoindre le petit groupe de cosplayeurs qui discutent entre eux, rendez-vous au **93** ou bien vous pouvez ressortir de la ZONE COSPLAY, rendez-vous au **38**

32

Vous vous éloignez de la bruyante zone consacrée aux loisirs vidéoludiques. Par où souhaitez-vous diriger vos pas ?

L'ESPACE DES VIDÉASTES YOUTUBE, rendez-vous au **114**
La SCÈNE COSPLAY, rendez-vous au **47**
Aller du côté de la zone consacrée aux ACTIVITÉS JAPONAISES, rendez-vous au **42**
Vous promener du côté des stands marchands et des BOUTIQUES, rendez-vous au **217**
Sortir de la convention, rendez-vous au **17**

33

Le t-shirt que vous gagnez montre un personnage du dessin animé Scooby Doo semblant doté des pouvoirs d'un guerrier de Dragon Ball Z. Vous appréciez le décalage.
Veuillez retrancher **5 euros** de votre somme d'argent et noter T-SHIRT SHAGGY dans votre fiche d'inventaire

Vous quittez le stand de t-shirts, rendez-vous au **98**

34

Vous montez sur scène. Le régisseur un peu gêné ne sait pas quelle musique mettre et c'est dans un silence absolu que vous traversez la scène. Le silence est aussi présent au sein du public qui ne sait pas quoi dire. Certains murmurent que vous portez un cosplay de South Park, d'autre que vous êtes probablement là pour réparer un truc.

Vous même ne semblez pas vraiment savoir ce que vous faites ici et après avoir parcouru la scène dans un sens, vous vous sentez stupide et vous la parcourez dans l'autre sens. Vous jetez un coup d'oeil au public qui vous dévisage en fronçant les sourcils. Une personne tente même de vous huer mais elle est interrompu par son voisin.

Au terme de trente secondes très pénibles remplies d'une gène étrange, vous descendez de scène. Les autres participants au concours vous regardent d'un air mauvais et vous déguerpissez au plus vite.

[SUCCÈS N°2]

Vous rendre au stand de dédicaces, rendez-vous au **173**

Vous enfuir loin de la ZONE COSPLAY afin de cacher votre honte, rendez-vous au **38**

35

Vous revenez dans la gigantesque allée où les boutiques prennent place. Où souhaitez-vous vous diriger ?

Jeter un coup d'oeil sur le stand de comic-books d'occasion, rendez-vous au **135**
Aller au stand de t-shirts, rendez-vous au **162**
Aller au stand consacré aux livres sur les jeux vidéos, rendez-vous au **181**
Aller au stand de perruques pour cosplay, rendez-vous au **203**
Faire un calin à la personne avec une pancarte "Free Hug", rendez-vous au **150**
Sortir de la ZONE MARCHANDE, rendez-vous au **30**

36

Vous entrez dans la file d'attente pour Brozzo le clown. Devant vous de nombreuses personnes semblent attendre une dédicace de leur idole. Certains ont emportés des cartouches de jeux vidéos, des peluches ou des épées en plastique qu'ils espèrent se faire signer par Brozzo. Vous commencez à les compter mais vous perdez le fil aux alentours de la 63e personne.

Plus le temps passe et plus vous vous dites qu'il y a peut-être un moyen de faire avancer plus vite les choses.

Appitoyer les gens en leur parlant de votre frère, rendez-vous au **241**
Faire un gros scandale, rendez-vous au **126**
Prendre son mal en patience, rendez-vous au **185**

37

Vous décidez de vous faire une petite partie de PONG sur Atari. Mais, vous vous apercevez que vous êtes tout seul et que le jeu n'a strictement aucun intérêt de cette façon.

Jouer à Super Mario sur NES, rendez-vous au **149**
Faire une partie d'Alex Kidd sur Master System, rendez-vous au **227**
Vous lever et arrêter les jeux vidéos, rendez-vous au **204**

38

Où souhaitez vous vous diriger ?

L'ESPACE DES VIDÉASTES YOUTUBE, rendez-vous au **114**
L'ESPACE JEUX VIDÉOS, rendez-vous au **65**
Au coin des ACTIVITÉS JAPONAISES, rendez-vous au **42**
Du côté des BOUTIQUES, rendez-vous au **217**
Vous décidez de SORTIR DE LA CONVENTION, rendez-vous au **17**

39

Vous donnez à votre petit frère *L'HISTOIRE DU FPS DE 1944 À NOS JOURS.* Celui-ci est dubitatif et vous fait une drôle de tête : "C'est qui Sebastien Benoit ?" Vous lui demandez de l'ouvrir et il est content de voir l'autographe de Fraglord.

"T'es sûr que c'était bien lui ?" vous demande t-il. Vous lui tendez alors le selfie que vous avez fait avec le joueur d'*Overwatch* afin d'ôter ses doutes et vous lui dites à quel point il était gentil.

Vous lui donnez aussi l'AUTOGRAPHE DE BROZZO LE CLOWN. Votre petit frère vous demande si il était sympathique lui aussi et vous éludez la question. Néanmoins vous n'arrivez pas à éluder sa question à propos de l'autographe de Tanukette que vous lui aviez promis. La déception se lit sur son visage.

Sur le coup, vous vous dites que "2 sur 3" ça n'est pas trop mal. Toutefois le lendemain, alors que vous ouvrez le placard de la cuisine, vous êtes saisi d'un doute. Il y avait sûrement un moyen de trouver ce fichu autographe manquant et vous êtes sûrement passé à côté. Sans doute parce que vous n'aviez pas le bon cosplay ou quelque chose comme ça. Dommage, vous ne pouvez pas revenir dans le temps. Ce qui est fait est fait.

[BAD ENDING N°3]

40

Vous vous approchez de la rangée de voitures disposées au fond du mur du parc des expositions. Le stand est aussi immense que vide. À votre avis, personne n'a vraiment les moyens de s'acheter une voiture japonaise neuve et on est loin de l'ambiance du salon de l'auto.
Chose étonnante, le stand semble complètement vide et non surveillé.

Passer sous le cordon de sécurité pour approcher les voitures, rendez-vous au **62**
Jeter plutôt un coup d'oeil au cours d'Aïkido qui va bientôt commencer, rendez-vous au **41** ou vous rendre au stand d'Ikebana au **183**
Regarder les activités japonaises diverses qui semblent prodiguées sur le petit stand, rendez-vous au **134** ou sortir de la ZONE DES ACTIVITÉS JAPONAISES, rendez-vous au **90**

41

Bien installé sur votre chaise vous regardez la démonstration d'Aïkido. Très rapidement celle-ci vous semble interminable. Il s'agit juste d'observer un homme grand au crâne dégarni effectuer différents mouvement avec son bâton. Rien n'est expliqué et il s'agit juste d'une répétition de gestes qui, hors contexte semblent juste absurdes. Malgré vos efforts pour tenter de vous y intéresser vous finissez par partir avant la fin.

Aller au stand d'Ikebana, rendez-vous au **228** ou vous rendre sur le stand des activités diverses, rendez-vous au **14**
Faire un tour du côté des voitures japonaises, rendez-vous au **19** ou bien quitter la ZONE DES ACTIVITÉS JAPONAISES, rendez-vous au 90

42

Au bout de la convention se trouve tout un espace destiné à faire découvrir aux visiteurs la culture du japon .

Vous aventurant entre les différents stands vous apercevez un petit stand consacré à l'art floral de l'Ikebana, collé à un stand sobrement intitulé *activités japonaise diverses.* Plus loin, sur un tatami, une initiation d'Aïkido est en cours. Au fond de cette portion du Parc Expo se trouve un stand vendant des voitures.

Aller au stand d'Ikebana, rendez-vous au **228**
Vous rendre sur le stand des activités diverses, rendez-vous au **14**
Jeter un coup d'oeil à la demonstration d'Aïkido, rendez-vous au **41**
Faire un tour du côté des voitures, rendez-vous au **19**

43

Vous tendez à votre petit frère la photo dédicacé de Tanukette Cosplay. Celui-ci se met à rougir. "Elle est aussi jolie que sur ses photos ?" vous demande t-il naïvement. Vous répondez par l'affirmative. Il vous demande d'autres précisions, mais le contact avec elle fut bref et vous n'avez pas grand chose à lui dire.

Votre frère vous demande alors si vous avez les autres autographes qu'il vous avait demandé. Vous haussez les épaules en expliquant que la journée fut compliquée. Il semble assez déçu.

Le lendemain, alors que vous triez vos chaussettes pour les mettre dans la machine à laver, vous êtes pris d'un doute. N'était-il pas possible de faire autrement ? La mine dépitée de votre frère vous a touché et vous vous surprenez à vous dire que si c'était à refaire, vous feriez d'autres choix. Hélas, la vie est ainsi faite.

[BAD ENDING N°4]

44

Vous attendez le jour de la convention. On est samedi, vous débarquez sur le parking. Et...
... rien. Après une heure à tourner en rond, vous ne voyez pas le début de l'ombre du moindre vendeur à la sauvette. Vous maudissez Leo pour ce tuyau pourri et vous vous rendez à l'entrée de la convention, au **211**

45

Vous sortez la CALLIGRAPHIE que vous avez faite à l'atelier. Le vendeur se montre intéressé. Néanmoins, il se tourne vers sa collègue afin de lui demander ce que l'idéogramme signifie. Celle-ci lui dit un mot à l'oreille et le vendeur fait une drôle de tête.

Vous n'insistez pas et aller chercher un autre objet dans votre sac, rendez-vous au **73**

46

Vous vous collez près de l'escalier sur le côté gauche de la scène afin de pouvoir cueillir Fraglord lorsqu'il sortira. Hélas celui-ci ne sort pas par l'entrée qui est face au public, mais par une autre qui se situe vers les coulisses, inaccessible pour qui ne porte pas un badge d'accréditation de la convention. Vous cherchez à retourner à votre place, mais celle-ci est déjà prise par quelqu'un d'autre et d'ailleurs la totalité des sièges sont occupés par des gens souhaitant poser des questions à Brozzo le clown.

Vous ressortez du coin des conférences en vous disant qu'une autre opportunité se présentera peut-être. Où allez vous ?

Faire la file d'attente pour tester les nouveaux jeux vidéos, rendez-vous au **205**

Aller sur le stand consacré la licence *Touhou Project*, rendez-vous au **137**
Vous rendre sur le stand des jeux rétros, rendez-vous au **242** ou bien aller voir la personne déguisée en lapin géant et distribuant des tracts dans les allées au **136**
Vous pouvez aussi sortir de l'ESPACE JEUX VIDÉOS, rendez-vous au **32**

47

La ZONE COSPLAY s'entend de loin, notamment le bruit des différentes prestations qui ont lieu sur scène au moment où vous y entrez.

Vous avez un ticket numéroté, rendez-vous au **225**
Vous avez déjà effectué le concours de cosplay, rendez-vous au **68**
Vous avez déjà vu le concours sans y participer, rendez-vous au **111**
Vous n'avez fait ni l'un ni l'autre, rendez-vous au **59**

48

"La direction nous oblige à demander une preuve que vous êtes cosplayé. Pouvez-vous montrer l'intérieur de votre sac à notre vigile."

Le vigile, un homme d'au moins deux mètres de haut s'approche de vous. Pris la main dans le sac, vous bredouillez des excuses : vous n'avez pas de cosplay, vous vous êtes trompé.

Payer **20 euros** un billet PLEIN TARIF, rendez-vous au **54**
Faire demi-tour, rendez-vous au **147**

49

Les nouveautés attirent souvent beaucoup de monde, c'est connu. Malgré l'heure matinale, une file d'attente s'est créée pour aller jouer à un nouveau FPS en avant première. Vous vous dites que cela a un lointain rapport avec *Overwatch*, et donc que vous pourrez peut-être y croiser le fameux Fraglord dont votre petit frère souhaite ardemment l'autographe.

Toutefois, après une demi-heure d'attente, vous vous essayez au jeu et c'est la déception. C'est un autre de ces jeux de tirs peu inspiré avec des militaires américains très clichés. Il aurait été fun à jouer s'il avait été un peu plus intuitif et moins punitif. Vous finissez par quitter le stand, ayant l'impression d'avoir perdu votre temps.

Pour aller sur le stand consacré à *Touhou Project*, rendez-vous au **137** ou bien vous rendre sur le stand consacré aux vieux jeux vidéos, rendez-vous au **242**. Vous pouvez aussi sortir de l'ESPACE JEUX VIDÉOS au **32**, jeter un coup d'oeil aux conférences au **195** ou aller voir la personne déguisée en lapin géant et distribuant des tracts dans les allées, rendez-vous au **136**

50

Vous tentez de jouer à *Metal Slug* sur Neo Geo. Après quelques essais de tirs sur des terroristes aux traits cartoonesques, quelqu'un s'installe à côté de vous et joue un second joueur. Vous vous tournez pour reconnaitre le roux barbu que vous aviez battu à *Mario Kart*.

Celui-ci est bien plus à l'aise à ce jeu et finit par débloquer plus d'armes et de bonus que vous, et lorsque vous trépassez, il lui reste deux vies. Vous quittez la partie.

Jouer à Pong, rendez-vous au **94**
Jouer à Alex Kidd, rendez-vous au **6**
Rejouer à Mario Kart, rendez-vous au **88**
Partir du stand, rendez-vous au **243**

51

Une fois franchi l'entrée, vous vous apercevez que le Parc Expo est immense. Le festival a à peine commencé et il est déjà rempli de nombreuses personnes, cosplayées ou non, qui se baladent entre les très nombreux stands décorés avec d'immenses bannières.

Vous vous emparez d'un plan et commencez à le scruter. La convention est découpée en plusieurs grandes zones séparées selon les activités. À laquelle voulez-vous vous rendre en premier ?

L'ESPACE JEUX VIDÉOS , rendez-vous au **236**
L'ESPACE VIDÉASTES YOUTUBE, rendez-vous au **74**
La SCÈNE COSPLAY, rendez-vous au **124**
Le coin ACTIVITÉ JAPONAISE, rendez-vous au **153**
Les BOUTIQUES et autres stands marchands, rendez-vous au **66**

52

Vous vous approchez du groupe de cosplayeurs. En vous voyant, un adolescent déguisé en Naruto fait remarquer qu'il aime bien les cosplays tirés du jeux vidéo Undertale. Une fille costumée en Elsa de la Reine des Neiges, vous scrute avant de faire une remarque gentille sur la couture de votre pull. Apparemment votre costume est apprécié. Il ne reste plus qu'à briser la glace.

Vous proposer de prendre une photo avec eux, rendez-vous au **99**
Vous demandez de but en blanc si parmi eux se trouve Tanukette Cosplay, rendez-vous au **89**

53

Vous dites au vendeur que vous êtes désolé mais que ce type de proposition vous semble malhonnête. Celui-ci hausse les épaules et vous quittez son stand.
Pour revenir dans les allées, rendez-vous au **35**

54

Vous tendez à la jeune fille votre billet de **20 euros** en échange d'un BILLET POUR LA CONVENTION qu'elle vous tend avec un grand sourire. "Bonne journée à vous."

Vous ressortez de la file et après une fouille rapide effectué par un vigile, vous entrez dans l'enceinte du Parc Expo.

Votre portefeuille toutefois est délesté de la somme de **20 euros** : pensez à noter la somme restante (ou votre absence d'argent) dans votre inventaire.

Vous voici à l'intérieur de la convention, rendez-vous au **8**

55

Vous tendez à votre petit frère la photo dédicacée de Tanukette Cosplay ainsi que l'autographe signé par Brozzo le Clown. S'il est impressionné par l'autographe du youtuber, son visage reste scotché pendant quelque minute, comme hypnotisé par la photo de la jeune femme.

S'il reste assez joyeux, néanmoins, il est un poil déçu lorsque vous lui expliquez que vous avez échoué dans votre quête pour trouver l'autographe de Fraglord. Vous lui expliquez aussi toutes les choses que vous avez dû effectuer dans votre journée et cela vous occupe une partie de la soirée.

Au cours du repas, votre petit frère vous explique que vous auriez pu le trouver et pointe du doigt les erreurs que vous aviez faites et qui vous ont empêché d'avoir l'autographe qu'il voulait.

"Voilà, il y a une semaine, avant la convention, tu aurais dû..." Commence-t-il avant de se faire interrompre par votre mère. "On parle pas la bouche pleine."
La conversation bifurque sur autre chose, vous laissant avec vos doutes.

[BAD ENDING N°5]

56

Ne voulant pas rajouter à la panique une cohue inutile, vous attendez bien patiemment votre tour.
Un quart d'heure plus tard, lorsque vous atteignez enfin les lavabos, il est trop tard : l'encre à eu le temps de sécher.

Si vous possediez un COSPLAY (de PIKACHU, de FRISK ou de PANDA) vous pouvez le rayer de votre inventaire. Il est foutu. Vous vous enfermez dans les toilettes et réenfilez des vêtements normaux.

Vous sortez des toilettes, rendez-vous au **120**

57

Vous cherchez dans les alentours une branche d'arbre puis vous sortez un shamallow de votre poche pour le planter sur le bout du baton. Vous salivez à l'idée d'avoir un shamallow grillé. Miam miam, à vous le bon sucre chaud !

Alors que vous êtes à 2 mètres de sa queue rougoyante, vous sortez le bâton et approchez le shamallow de sa flamme. Une fois le shamallow cuit, vous n'avez pas le temps d'ouvrir la bouche que le Salamèche se jete sur vous, les babines dégoulinantes de bave brûlante.

Votre agonie sera de courte durée. Vous êtes mort.

58

Vous tentez d'éviter le coup à venir en tournant la tête le plus vite possible mais pas suffisamment vite pour éviter la claque qui s'abat sur votre visage de plein fouet.

Si vous aviez une jauge de POINTS DE VIE vous auriez perdu 2 PV mais, par chance, il n'y en a pas dans ce jeu. Tout ce que vous y gagner, ce sont les plus plates excuses du maladroit qui vous a collé cette baffe. Il se fait réprimander par le maître.

La suite du cours se passe sans encombre, vous quittez le tatami et remettez vos chaussures. Où souhaitez vous aller dorénavant ?

Pour vous rendre sur le stand où il est écrit *activités japonaises diverses*, rendez-vous au **134** ou bien jeter un coup d'oeil au stand d'Ikebana, rendez-vous au **183** vous pouvez aussi flâner en direction de la longue lignée de voitures au **40** ou bien sortir de la ZONE DES ACTIVITES JAPONAISES, rendez-vous au **90**

59

Il y a pas mal de monde dans la ZONE COSPLAY. La foule a l'air tout aussi déguisée que dans le reste de la convention, mais vous percevez néanmoins une petite masse de gens qui attendent qu'un concours de cosplay ne débute près de la scène.

À l'opposé de la scène se trouve quelques stands derrière lesquels les cosplayeurs invités par le festival semblent attendre qu'on leur demande une dédicace.

Vous rendre au stand de dédicaces au **173**

60

Vous sortez votre billet de **5 euros** et vous achetez une photo de Tanukette en costume d'Elfe. Celle-ci sort un feutre, demande le prénom de votre frère et apose son paraphe sur la photo. Puis, elle vous rend la photo avec un sourire que vous sentez faux.

Pensez à retrancher **5 euros** à votre somme

d'argent dans votre inventaire et à y noter L'AUTOGRAPHE DE TANUKETTE COSPLAY. Adjoint à cet autographe se trouve le numéro *43* que vous penserez à bien retenir.

Une fois votre acquisition dans votre sac, vous reprenez votre chemin. Voulez vous rendre prêts de la scène cosplay au **112** ou sortir de la zone Cosplay, rendez-vous au **38**

61

Vous vous dirigez vers la femme vêtue d'une combinaison moulante et d'oreilles de lapin. Celle-ci donne des tracts à toutes les personnes qu'elle peut croiser.
Si vous portez un COSLAY DE PIKACHU, rendez-vous au **214** sinon, rendez-vous au **187**

62

Vous passez sous le cordon de sécurité et vous vous approchez des voitures. À peine vous êtes vous faufilé que vous entendez une voix au loin dire "Hep, vous, que faites vous là ?"

S'enfuir au milieu des voitures, rendez-vous au **119**
S'arrêter et s'excuser en disant que vous vous êtes trompé, rendez-vous au **16**

63

La chaine YouTube de Tanukette Cosplay comporte une poignée de vidéos de la jeune fille. En les visionnant ce qui vous impressionne le plus... est le manque de pudeur de celle-ci et le côté volontairement aguicheur dont elle semble faire preuve dans ses vidéos. Vous soupçonnez votre jeune frère d'être amoureux d'elle. Toutefois, ses vidéos expliquant comment faire un cosplay sont relativement bonnes et vous apprenez quelques trucs sur comment coudre un costume. Vous qui n'y connaissiez rien apprenez comment faire un surfilage ainsi qu'une couture invisible. C'est déjà ça de gagné.

Ses vidéos ne sont pas très longue et vous visionnez l'intégralité de sa chaine en à peine deux heures, la journée n'est pas fini. Vous décidez donc...

... d'aller sur le site internet de la convention histoire d'en savoir plus, rendez-vous au **146**

... de mater les vidéos de Golem Pistache, rendez-vous au **125**

... de vous faire quelques lives Twitch consacrés à *Overwatch*, rendez-vous au **169**

64

D'humeur câline, vous décidez de faire un énorme "hug" à l'américaine au lapin géant. Si son corps est pelucheux et tout doux, vous entendez faiblement, depuis l'intérieur du costume une petite voix faire "par pitié, lâchez moi, je suis en train d'étouffer."

Décidant d'abréger la vision de ce spectacle grotesque, vous lâchez le lapin géant et repartez dans les allées de la convention.

Faire la file d'attente pour tester les nouveautés de jeux vidéos, rendez-vous au **205.** Aller sur le stand consacré à *Touhou Project* au **137** Vous pouvez aussi vous rendre sur le stand des jeux rétros au **242** jeter un coup d'oeil aux conférences, rendez-vous au **195** ou bien sortir de l'ESPACE JEUX VIDÉOS, rendez-vous au **32**

65

Vous franchissez l'intérieur de L'ESPACE JEUX VIDÉOS qui semble baigner dans un espèce de brouhaha permanent.

Beaucoup de monde se balade entre les stands dédiés aux loisirs vidéoludiques et vous apercevez même une grande file d'attente pour jouer sur le stand des nouveautés jeux vidéos. On trouve aussi un stand proposant de s'essayer à une licence de jeu nommée *Touhou Project*, tandis qu'un autre coin propose aux visiteurs de tester quelques jeux sur des consoles du passé.
Au bout de L'ESPACE JEUX VIDÉOS se trouve une scène où semble être donné des conférences et à l'autre bout, une jeune femme déguisée en lapin

sexy et une personne déguisée en lapin géant semblent être occupées à distribuer des tracts.

Faire la file d'attente pour tester des jeux vidéos récents, rendez-vous au **205**
Aller sur le stand consacré à *Touhou Projec*t, rendez-vous au **137**
Vous rendre sur le stand des jeux rétros, rendez-vous au **242**
Jeter un coup d'oeil aux conférences, rendez-vous au **195**
Aller voir le lapin géant, rendez-vous au **136**

66

Le salon semble avoir à peine ouvert ses portes, mais les stands commerçants sont ouvert et bien approvisionnés. En tout cas, il n'y a que l'embarras du choix. Quel stand voulez-vous voir ?

Un stand vendant des T-shirts avec des slogans rigolos issus de mèmes internet, rendez-vous au **202**
Un stand consacré aux livres sur les jeux vidéos, rendez-vous au **92**
Le stand vendant des perruques pour les cosplay, rendez-vous au **5**
Un stand proposant des comic books d'occasion dans un coin, rendez-vous au **157**

67

Vous tentez de calmer la situation en lui racontant des blagues. Cela marche tant bien que mal. Au bout d'un quart d'heure, vous finissez ensemble par atteindre les toilettes.

Vous vous lavez les main et jetez un coup d'oeil dans le miroir en attendant que la bénévole ne ressorte des toilettes, manifestement soulagée. Celle-ci vous dit au revoir.
Vous ressortez des toilettes, rendez-vous au **120**

68

Il y a bien plus de monde dans la ZONE COSPLAY que la première fois que vous êtes venus. Certains visages semblent vous reconnaitre, mais personne ne s'arrête vraiment pour vous parler. Du côté de la scène, un autre concours, plus professionnel, est attendu, tandis que derrière les stands les cosplayeurs invités par le festival semblent attendre qu'on leur demande une dédicace.

Vous rendre sur le stand de dédicaces au **173** ou voir sur scène si les participants sont effectivement meilleurs, rendez-vous au **25**

69

Ceci est le paragraphe 69. "Hu hu hu, 69, comme la position".

HA ! HA ! HA ! HA ! HA !

Voilà. C'est fait. Maintenant qu'on a tous bien rit, il serait peut-être temps que vous suiviez ce livre de façon sérieuse, non ?

[SUCCÈS N°3]

70

En voyant votre petit frère, vous tendez les deux mains que vous aviez préalablement cachées dans votre dos. Dans votre main gauche se trouve le PRINT DE TANUKETTE COSPLAY sur lequelle se trouve son autographe, dans votre main droite *L'HISTOIRE DU FPS DE 1944 À NOS JOURS.* Celui-ci se précipite d'abord sur l'autographe de la jeune femme. Après l'avoir longuement regardé, il s'intéresse au livre et se demande pourquoi vous lui donnez un ouvrage de *Sébastien Benoit.* C'est en l'ouvrant qu'il comprend de qui il s'agit réellement.

Toutefois, malgré les trois cadeaux, il est déçu que vous n'ayez pas de dédicace de Brozzo. "C'est lui que je préfère" dit-il en boudant. Vous arrivez à lui faire comprendre que Brozzo-le-clown est quelqu'un de très demandé et qu'il est difficile d'obtenir son autographe.

C'est d'ailleurs l'excuse que vous vous donnerez pendant longtemps. Et puis, un jour, en mangeant un plat de spaghetti, un remord vous assaille. Si vous l'aviez **vraiment** voulu, vous auriez pu obtenir cet autographe. Vous en parlez avec des copains sur le net et ceux-ci sont catégoriques : à moins de bénéficier d'un coup de pot formidable, ça aurait été difficile de le croiser.

[BAD ENDING N°5]

71

L'adolescent déguisé en Naruto tente de faire une pose pour votre photo mais celle-ci n'a pas l'air très convaincante. Néanmoins il est très enthousiaste à l'idée de se faire photographier et insiste pour que vous preniez un selfie avec lui. Vous demandez à la personne déguisée en Elsa de vous photographier tous les deux avec votre téléphone portable. Lorsque vous regardez le résultat, vous vous apercevez que la jeune fille a bougé, que la photo est floue et vous n'osez pas lui demander de la refaire.

Vous voici en possession d'une PHOTO FLOUE dans votre téléphone portable. Notez-la dans votre inventaire.

Vous discutez un peu avec Naruto. Celui-ci vous parle de manga pendant dix minutes avant de vous expliquer qu'il doit partir à la scène afin de voir la prestation de ses copains sur scène.

Le suivre et vous rendre vers la scène pour y voir le concours cosplay, rendez-vous au **237**
Lui dire au revoir et vous rendre plutôt au stand des dédicaces, rendez-vous au **173**

72

Vous acceptez le pari même si vous n'êtes pas sûr que votre sac puisse contenir un quelconque objet de valeur.
La partie de PONG fut assez acharnée car votre adversaire avait toujours une légère avance sur vous. Dans un dernier sursaut désespéré, vous finissez par le surpasser et par le battre. Acceptant sa défaite, votre adversaire vous offre un livre dont le titre est *L'HISTOIRE DES FPS DE 1944 À NOS JOURS*. Le sujet ne vous intéresse pas plus que ça, mais vous acceptez le cadeau.

Vous voici en possession du LIVRE SUR LES FPS. Pensez à le noter dans votre inventaire.

Sur cette victoire, vous quittez le stand, rendez-vous au **243**

73

Vous cherchez donc dans votre sac à dos un objet capable de susciter la curiosité du marchand.

Si vous avez un ORIGAMI et que vous souhaitez lui proposer, rendez-vous au **140**
Si vous avez une FEUILLE CALLIGRAPHIÉE et que vous souhaitez lui proposer, rendez-vous au **45**
Si vous avez un TICKET NUMÉROTÉ et que vous souhaitez lui proposer, rendez-vous au **105**
Si vous avez un TRACT DE LUPION et que vous souhaitez lui proposer, rendez-vous au **127**
Si vous avez un T-SHIRT JEUX VIDÉOS et que vous souhaitez lui proposer, rendez-vous au **212**
Vous n'avez rien à lui proposer. Vous quittez le stand, rendez-vous au **35**

74

Arrivé sur place, vous voyez une petite dizaine de stands composés d'une seule table. Quelques YouTubers se trouvent derrière, mais visiblement la plupart d'entre eux ne sont pas encore arrivés ou doivent dédicacer à d'autres heures.
Face aux tables, on peut trouver différents types de files d'attentes : Une petite file d'attente se trouve face au stand d'un individu nommé *Le Roi des Sandalettes*, une file d'attente de taille moyenne se trouve devant le stand d'une personne à casquette et lunette noire nommée *Mister Flech* tandis qu'une MONSTRUEUSE FILE D'ATTENTE se trouve devant le stand de *Brozzo le clown*

Faire la queue sur le stand de *Brozzo le clown,* rendez-vous au **36**
Faire la queue sur le stand du *Roi des sandalettes*, rendez-vous au **219**

75

Estimant qu'on ne doit pas déranger un VIP, vous le laissez se soulager dans la cabine des toilettes. La bénévole est outrée par la façon dont vous avez laissé cet individu lui passer devant et vous jete un regard noir avant d'être interrompu par une nouvelle crampe au niveau du ventre.

L'homme ressort 5 minutes plus tard sans même vous regarder ni se laver les mains. La bénévole part dans les toilettes, tandis que vous en profitez pour déguerpir, rendez-vous au **120**

76

Vous êtes la première personne à faire la file d'attente près de la scène et vous attendez avec impatience que le concours ne commence. Il vous faudra néanmoins attendre une bonne heure et demi avant que cela ne démarre. Entre temps d'autres personnes ont commencé à se masser non loin de vous, tous ayant des costumes qui vous semblent bien supérieur au votre.
Vous commencez à avoir un peu peur, mais l'absence de personnes pouvant vous connaitre dans la foule ôte de vos épaules une forme de

pression : au final, quoi que vous fassiez, personne ne vous en blâmera.

Les noms des participants s'égraine au fur et à mesure du numéro de leur ticket. Votre tour arrive. Un bénévole vous prend LE TICKET NUMÉROTÉ. Vous pouvez le rayer de votre inventaire.

Vous montez sur scène. Quel costume portez vous ?
Vous n'avez pas de cosplay, rendez-vous au **34**
Vous avez un COSPLAY DE PIKACHU, rendez-vous au **177**
Vous avez un COSPLAY DE FRISK (SIMPLE ou RÉUSSI) rendez-vous au **130**
Vous avez un COSPLAY DE PANDA EN PAPIER, rendez-vous au **96**

77

Le temps passe. Mis à part le moment où Brozzo s'est pris une baffe par une cosplayeuse déguisée en Harley Quinn, rien de notable ne se passe réellement. Seul l'écart des gens entre vous et le vidéaste s'amenuise petit à petit : d'abord une foule d'une centaine de personne, puis d'une cinquantaine de personnes.

Après une heure à attendre, un bénévole vient couper la file en deux. Il annonce à voix haute :
"Désolé, mais Brozzo ne dédicacera plus que les

vingt personnes avant d'arrêter. Il a une conférence dans deux heures. Vous pouvez retenter votre chance demain."

Vous protestez que vous ne pourrez pas revenir demain, mais personne ne semble vous écouter. La foule autour de vous se disperse tandis que les visiteurs privilégiés attendent leur dédicace.

Peut-être pourrez-vous croiser Brozzo avant sa conférence à l'ESPACE JEUX VIDÉOS ? Vous quittez l'ESPACE VIDÉASTES YOUTUBE. Ou allez vous ?
Du côté des BOUTIQUES et des stands marchands, rendez-vous au **217**
Vers la SCÈNE COSPLAY, rendez-vous au **47**
A l'ESPACE JEUX VIDÉOS, rendez-vous au **65**
Dans la ZONE DES ACTIVITÉS JAPONAISES, rendez-vous au **42**

78

Vous tentez de coudre les vêtements de la manière la plus simple possible en formant un assemblage relativement convaincant. Même si vous êtes un peu déçu du résultat, on reconnaît le personnage.

Vous possédez un COSPLAY DE FRISK SIMPLE que vous porterez à la convention. Notez-le dans l'inventaire qui se trouve au début du livre.

Vous laissez les jours filer jusqu'au moment de la

convention, rendez-vous au **211**

79

Vous vous approchez du groupe de cosplayeurs. Ceux-ci vous dévisagent longuement. Certains se mettent à chuchoter entre eux. C'est finalement une jeune fille déguisée en pompom girl qui rompt le silence.
"On se demandait si tu était déguisé en Koro Sensei d'Assassination Classroom ou dans un cosplay de Minion trop grand pour toi ?"
"Mais non, je suis cosplayé en Pikachu" leur répondez-vous pendant que certains reculent la tête ou d'autres plissent les yeux. Apparemment, ils ont du mal à reconnaitre votre costume.

Vous demandez si l'une d'entre elles est Tanukette Cosplay, rendez-vous au **89**
Vous demandez si vous pouvez prendre une photo de leurs cosplays, rendez-vous au **99**

80

La bénévole vous fait payer **15 euros** en échange d'un BILLET COSPLAY. Pensez à déduire cette somme et à la noter dans votre inventaire.

Après une fouille rapide effectué par un vigile, vous pouvez entrer dans l'enceinte du Parc Expo. Vous voici à l'intérieur de la convention, rendez-vous au **8**

80. La bénévole vous fait payer 15 euros en échange d'un BILLET COSPLAY.

81

"Hé mais tu es Brozzo le clown ? Je suis super fan de tes vidéos."

Le fait d'être brossé dans le sens du poil plaît au YouTuber qui se tourne vers vous avec un sourire commercial. La bénévole profite de cette diversion pour reprendre sa place et se précipiter dans la cabine de toilette.

Brozzo pousse un soupir : "Alors ça y est ? Les grouillots sont censés avoir plus de pouvoirs que moi ? C'est bien la dernière fois que je viens dans cette convention. J'ai pas que ça à faire, il y a des gens qui attendent mes dédicaces."

Vous profitez de cette remarque pour lui tendre un papier libre et un stylo. Brozzo est prêt à refuser, mais se ravise, estimant que cela l'occupera le temps d'attendre que la cabine des toilettes se libère. Vous obtenez l'AUTOGRAPHE DE BROZZO LE CLOWN que vous pouvez ranger dorénavant votre sac à dos. Celui-ci porte le numéro *12* sur le côté. Notez ce détail sur votre feuille d'inventaire.

Vous ressortez des toilettes, rendez-vous au **120**

82

La joie de votre petit frère, lorsqu'il s'aperçoit que vous avez ramené tout ce qu'il vous avait demandé est immense. Il scrute tour à tour la dédicace de Brozzo le clown, la photo de tanukette cosplay et le livre sur *"l'Histoire du FPS de 1944 à nos jours"* (dont le titre lui semble incroyablement tiré par les cheveux, ce qui est aussi votre opinion.)

Vous racontez à votre petit frère toutes les galères que vous avez traversées afin d'obtenir les précieuses signatures. Vous parlez aussi des gens que vous avez rencontrés, des activités que vous avez faites et de tout un tas d'anecdotes marrantes.

Votre petit frère semble un peu jaloux de toutes vos aventures. Vous lui promettez que l'an prochain, c'est sûr, vous retournerez là bas tous les deux. Vous passez même la soirée à parler des déguisements que vous allez porter et des activités que vous allez faire. Vous vous couchez ce soir là, très fatigué mais heureux de l'accomplissement de votre mission.

Durant les semaines qui suivent, votre petit frère sera adorable avec vous : toujours prêt à rendre service, heureux de vous voir et aux petits soins. Mais cette période dorée ne durera pas.

Vous commencez aussi à vous renseigner sur les gens dont vous avez visité le stand. Au fur et à mesure des mois vous apprenez que Tanukette à gagné un nouveau concours de cosplay, que Sebastien Benoit projete de faire un nouveau livre et que le contrat qui liait Brozzo à son network est fini suite à un scandale lié au harcélement sexuel d'une de ses fans.

Les gens avec lesquels vous avez sympathisés durant la convention vous on ajouté en ami sur les réseaux sociaux. Vous discutez souvent et vous projetez de tous vous revoir dans un café un de ces après midi. Votre moral, qui était en berne avant la convention pour des raisons diverses, va un peu mieux et vous avez un peu gagné confiance en vous ces derniers temps.

L'an prochain vous retournerez à la convention. Un petit peu pour votre petit frère, mais surtout beaucoup pour vous même.

[GOOD ENDING]

83

Le tract indique *"VENEZ JOUER A LUPION'S ADVENTURE, LE JEU MOBILE LE PLUS CHOUPI DE LA PLANETE. AVEC NOTRE AMI LUPION, LE PETIT LAPIN POLISSON. Disponible sur IOS et Android."*

A côté du tract se trouve une image d'un lapin joufflu et rose, dont l'image est très loin de la mascotte grotesque se trouvant physiquement dans les allées du Parc Expo

Vous récupérez néanmoins le TRACT DE LUPION, que vous mettez dans votre poche. Pensez à le noter dans votre inventaire. Vous partez en quête d'autres activités.

Vous pouvez faire la file d'attente pour tester des nouveaux jeux vidéos, rendez-vous au **205** ou bien aller sur le stand consacré à la licence *Touhou Project* au **137**, vous rendre sur le stand des jeux vidéos rétros au **242**, jeter un coup d'oeil aux conférences au **195**, ou sortir de l'ESPACE JEUX VIDÉOS, rendez-vous au **32**

84

La bénévole se met à plisser des yeux derrière ses lunettes. Elle se lève de son guichet et vous scrute.
"Désolé, c'est un déguisement de quoi ?"
"Bah... heu... de Pikachu." Lui répondez-vous.

Elle hausse les épaules tout en se rasseyant mais accepte de vous faire payer **15 euros** en échange d'un BILLET COSPLAY. Pensez à déduire cette somme et à le noter dans votre inventaire.

Vous ressortez de la file et après une fouille rapide effectué par un vigile, vous entrez dans l'enceinte du Parc Expo. Vous voici à l'intérieur de la convention, rendez-vous au **8**

85

Vous acceptez le deal et demandez à Fraglord de vous dédicacer le livre. Celui-ci laisse un petit mot gentil pour votre petit frère, ainsi qu'un dessin. Il accepte même que vous preniez un selfie avec lui.

Vous notez dans votre inventaire l'ajout d'un SELFIE AVEC FRAGLORD et d'une DÉDICACE DE FRAGLORD. A celle-ci est adjointe le numéro *27*. De plus, pensez à retrancher **5 euros** de votre somme d'argent totale.

Vous quittez le stand après avoir fait un salut amical, rendez-vous au **35**

86

Cette conférence qui semblait longue et ennuyeuse... s'avèra effectivement, être longue et ennuyeuse.

A la fin de celle-ci un présentateur annonce que la prochaine conférence sera une démonstration de match d'*Overwatch* et que celle-ci sera commentée par des célèbres joueurs du jeu, notamment Fraglord.

Vous restez pour voir cette prochaine animation, rendez-vous au **109**
Ou bien faire la file d'attente pour les nouveautés jeux vidéos au **205**, aller sur le stand consacré à *Touhou Project*, rendez-vous au **137**, vous rendre sur le stand des jeux rétros au **242**, ou bien sortir de l'ESPACE JEUX VIDÉOS, rendez-vous au **32**

87

Après une attente qui vous a semblé durer une éternité, vous atteignez le guichet pour pouvoir acheter sur place votre billet pour la convention. La pancarte affiche les différents tarifs :

20 EUROS L'ENTRÉE PLEIN TARIF
15 EUROS L'ENTRÉE COSPLAY

Vous choisissez de demander un billet PLEIN TARIF, rendez-vous au **186**

Vous choisissez de demander un billet COSPLAY, rendez-vous au **106**
Vous décidez de supplier la vendeuse pour qu'elle vous fasse une réduction, voire qu'elle vous fasse rentrer gratuitement, rendez-vous au **198**
Vous faites demi-tour, rendez-vous au **147**

88

Vous vouliez jouer à *Mario Kart* mais les deux trentenaires qui sont sur le jeu n'ont pas l'air de vouloir lâcher la manette et souhaitent se plonger entièrement dans leur souvenirs d'enfance. Difficile de les blamer. Il ne vous reste plus qu'à trouver une autre occupation.

Jouer à Pong, rendez-vous au **148**
Jouer Metal Slug, rendez-vous au **179**
Jouer à Alex Kidd, rendez-vous au **6**
Repartir du stand, rendez-vous au **243**

89

"Est ce que ... par hasard, l'une de vous serait Tanukette Cosplay ?"

Le petit groupe éclate de rire.

"On est pas si célèbre que ça." Dit l'une des filles, cosplayée en pom pom girl."Ouais, Tanukette, elle est dans une autre league que nous" fait sa copine en pointant du doigt un groupe de jeunes filles aux costumes très élégants qui arrivent pour s'asseoir au stand des dédicaces.

Le petit groupe se désintéresse de vous et commence à parler d'un concours de cosplay auquel deux d'entre eux vont participer d'ici peu.

Attendre le concours de cosplay en question, rendez-vous au **237**
Vous rendre au stand de dédicaces, rendez-vous au **173**

90

Vous décidez de retourner aux autres zones de la convention

Vous rendre à la SCÈNE COSPLAY au **47**
Passer à l'ESPACE JEUX VIDÉOS au **65**
Vous rendre dans les BOUTIQUES et autres stands marchands, rendez-vous au **217**
Vous rendre à la ZONE DES VIDÉASTES YOUTUBE, rendez-vous au **156**

91

Vous refaites une partie. Ayant un peu plus de connaissance des bases du jeu, vous évitez les pièges facile. Au terme de cette session de jeu, vous atteignez le 3eme stage.

S'arrêter là, rendez-vous au **20**
Vous acharner, rendez-vous au **143**

92

Sur un stand de taille moyenne se trouve différents livres portant sur le thème des jeux vidéos. S'il y a beaucoup d'ouvrages consacrés à des jeux des années 80 et 90 (*Mario, Zelda, Street Fighter, Pac Man*) on trouve aussi des livres sur des créateurs célèbres de jeux et sur certains genres vidéoludiques en particuliers (FPS, RPG, Arcade, etc...)

Alors que vous vous apprêtez à repartir, le vendeur vous dit : "N'hésitez pas à repasser, certains de nos auteurs seront en dédicace sur le stand tout à l'heure."

Aller au stand de T-shirts, rendez-vous au **202**
Aller au stand des comic-books d'occasion au **157**
Aller au stand de perruque pour cosplay au **203**
Sortir de la zone marchande, rendez-vous au **30**

93

Vous vous approchez d'un groupe d'une dizaine de cosplayeurs, majoritairement féminin, dans lequel vous ne reconnaissez que la moitié des costumes. Ceux-ci sont absorbé dans leur conversation et ne vous calculent pas.
Si vous avez un TICKET NUMÉROTÉ rendez vous , rendez-vous au **4**
Vous n'êtes pas cosplayé, rendez-vous au **115**
Vous portez un COSPLAY PIKACHU, rendez-vous au **79**

Vous portez un COSPLAY DE FRISK SIMPLE, rendez-vous au **192**
Vous portez un COSPLAY DE FRISK RÉUSSI, rendez-vous au **52**

94

Après deux ou trois parties de PONG face à des adversaires variés, vous avez réussi à vous habituer à la rigidité du joystick de l'ATARI. Une personne prend place à vos côté.... c'est une nouvelle fois le barbu roux.
Il vous bat à la première partie, mais vous gagnez la seconde. Celui-ci fit par se tourner vers vous : "Quitte à faire la belle, autant corser la difficulté. Ça te dit de parier un truc ?" Il propose de vous donner le livre qu'il vient d'acheter si vous réussissez à le battre, et le cas échéant vous lui donnerez un objet contenu dans votre sac à dos.

Vous acceptez le pari, rendez-vous au **72**
Vous le refusez, rendez-vous au **9**

95

Le garçon déguisé en Captain America vous sourit. "Hé, tu as le numéro 12 ? Je passerais après toi. Comme ça, deux cosplays américains à la suite, ça va amuser le public."
"Américain ?" Lui répondez-vous, étonné.
"Bah, tu es déguisé en Homer Simpson, c'est ça ?"
"Bah, non, en Pikachu."

Il prend alors une mine désolé. Afin de se faire pardonner de sa bourde, il discute avec vous en attendant le début de la prestation et votre tour de monter sur scène qui arrive bien vite. Un bénévole vous prend LE TICKET NUMÉROTÉ, vous pouvez le rayer de votre inventaire.

Vous montez sur scène, rendez-vous au **177**

96

Vous montez sur scène. Le régisseur vous regarde quelques secondes avant de choisir une musique qui correspondrait à votre costume. Une musique étrange sort alors des hauts parleurs. Celle-ci semble complètement déformée comme s'il s'agissait d'une sorte de glitch musical.
La foule est bien plus nombreuse que tout à l'heure et à peine vous approchez-vous de l'avant scène qu'elle se met à vous huer. Des boulettes de papiers vous sont envoyées violemment à la figure.

Le haut parleur diffuse alors ce message :
"CETTE PERSONNE VIENT DE TRICHER, HUEZ LA !"

Les hurlements de la foule reprennent de plus belle. Vous entendez une voix sortir du haut parleur :
"Je suis Mad Dog, le type qui a écrit ce livre. Et je sais très bien qu'il est IMPOSSIBLE d'avoir le COSPLAY DE PANDA tout en participant au

concours de cosplay. Ces deux événements ne peuvent pas se suivre chronologiquement."

Vous avouez alors vous êtes trompé ou avoir lu ce paragraphe par curiosité. Il vous pardonne et vous offre même un des SUCCES du jeu, puis il vous demande de retourner au paragraphe **76** pour faire à nouveau un choix.

[SUCCÈS N°1]

97

La bénévole fait un petit sourire. "Tiens, un cosplay Undertale, c'est le premier que je vois aujourd'hui." Vous payez **15 euros** en échange d'un BILLET COSPLAY. Pensez à déduire cette somme et à la noter dans votre inventaire.

Vous ressortez de la file et après une fouille rapide effectué par un vigile, vous voici à l'intérieur de la convention, rendez-vous au **8**

98

Vous revenez dans les allées marchandes de la convention
Aller au stand de comic-book d'occasion au **157**
Aller sur le stand consacré aux livres sur les jeux vidéos, rendez-vous au **92**
Aller sur un stand vendant des perruques pour cosplay, rendez-vous au **5**
Sortir de la zone marchande, rendez-vous au **30**

99

"Je peux vous prendre en photo ?" Demandez vous. Leur visage s'illumine.
"Oui ? Qui ?"
Apparemment vous devez faire un choix pour savoir qui posera sur la photo

Une jeune fille dans un déguisement d'Elsa de la Reine des Neiges aux coutures impeccables, rendez-vous au **209**
Un gaillard avec un costume de captain america et un bouclier en carton, rendez-vous au **194**
Un adolescent avec un simple bandeau de Naruto sur la tête, rendez-vous au **71**
Une photo de groupe, rendez-vous au **151**

100

Vous tentez de faire une couture invisible et vous vous apercevez que c'est bien plus complexe qu'il n'y parait. A certains moment vous manquez même de déchirer le tissus, laissant quelques marques sur le produit final.

Vous travaillez encore quelques jours dessus et la veille de la convention, le résultat est... potable. Certes, vous serez loin de gagner le premier prix avec votre déguisement, mais on reconnait bien le personnage.

Vous allez vous rendre à la convention en portant un COSPLAY DE FRISK RÉUSSI. Notez-le sur votre feuille d'inventaire.

Il est temps d'aller à cette convention, rendez-vous au **211**

101

Vous jetez la feuille et vous la roulez en boule. L'animateur vous remarque. Quelqu'un chuchote devant vos pitreries que l'encre n'est pas donnée. Vous vous sentez être de retour en classe de primaire. C'est relativement vexé que vous finissez par quitter l'atelier, rendez vous au **208**

102

Visiblement les gens qui tiennent ce stand sont fans de cette licence : en plus de présenter de nombreuses versions différentes de *Touhou Project* sur des ordinateurs disposés un peu partout sur la table, ceux-ci sont déguisés en personnages célèbres de la licence. Des visiteurs étant en train de s'essayer aux différents jeux, vous vous installez devant le seul jeu disponible, *Touhou Koumakyou ~Embodiment of Scarlet Devil.*

À peine 5 minutes après avoir pris la manette de jeux vidéos en main, vous avez perdu.

Arrêter là, rendez-vous au **204**
*Continuer, rendez-vous au **91***

103

Vous regardez le T-Shirt que vous avez gagné d'un air bizarre. Il est noir et contient cette mention en lettres blanches :
"COMBINAISON GAGNANTE : MARIO KART - METAL SLUG - PONG."

Comprenant qu'il y a sans doute une signification cachée derrière cela mais que vous ne la saisissez pas encore, vous donnez 5 euros à la vendeuse et repartez dans les allées de la convention.

Veuillez noter dans votre inventaire le retrait de **5 euros** dans votre somme d'argent ainsi que l'objet T-SHIRT CHEATCODE

Vous partez stand de T-shirt, rendez-vous au **98**

104

Vous fouillez le stand afin de trouver quelque chose qui en vaille la peine mais vous n'avez aucune idée de quoi chercher. Il y a des comic-books, des jouets des années 80, des photos et plein d'objets divers qui donnent l'impression que le vendeur s'est cru dans un vide grenier.

Revenir dans l'allée, rendez-vous au **35**

103. Il y a sans doute une signification cachée mais que vous ne la saisissez pas encore.

105

Vous tendez le TICKET NUMÉROTÉ au vendeur. Celui-ci se gratte la tête :
"C'est pour quoi faire ?"
"Pour participer à un concours de Cosplay."
"Ah bon, parce que tu pense que je suis déguisé peut-être ?"

Fouillez à nouveau votre sac, rendez-vous au **73**

106

Vous vous approchez de la bénévole derrière le guichet et vous lui demandez un billet COSPLAY.

Si vous avez un COSPLAY DE PIKACHU rendez-vous au **84**
Vous avez un COSPLAY DE FRISK RÉUSSI, rendez-vous au **97**
Vous avez un COSPLAY DE FRISK SIMPLE, rendez-vous au **80**
Vous n'avez pas de COSPLAY, rendez-vous au **155**

107

Depuis la file d'attente, vous voyez une jeune bénévole blonde, aux cheveux attachés par une queue de cheval qui se dirige vers les toilettes réservées aux personnels. Vous lui expliquez votre fâcheuse situation. Celle-ci vous fait signe de la suivre. Vous franchissez les barrières de sécurité et accedez aux toilettes où sont affichés "réservé au personnel."

Vous voici dans les toilettes V.I.P. ... qui n'ont rien de plus impressionnant que des toilettes normales. A vrai dire, elles sont toutes petites et ne possèdent qu'un seule cabine pour faire ses besoins. A l'aide d'eau du lavabo et d'une impressionnante quantité de papier épongeant, vous et la bénévole arrivez à faire disparaitre la tache.

Alors que vous vous affairez, la bénévole est soudainement pris d'une crampe douloureuse au niveau du ventre. Elle indique la cabine des toilettes en disant : "Désolé, il faut vraiment que j'y aille."

Si vous avez déjà été dans le coin consacré à L'ESPACE VIDÉASTES YOUTUBE, rendez-vous au **244** Si vous n'y êtes pas encore allé, rendez-vous au **18**

108

A peine le bénévole a t-il tendu sa machine à scanner les codes barres dans votre direction que vous soulevez votre sac à dos en hurlant : "LAISSEZ MOI RENTRER OU JE FAIT TOUT PÉTER."

La foule pousse un grand cri et les visiteurs derrière vous semblent s'écarter. Le bénévole garde sa machine en l'air et fait une drôle de tête entre effroi et stupeur.

La blague ne semble pas être du goût de son collègue de la sécurité, qui, immédiatement, vous plaque au sol et vous fait une clé de bras. Vous sentez quelques côtes de votre dos en train de se briser instantanément.

Une heure plus tard, ça n'est pas dans l'enceinte de la convention que vous vous retrouvez mais bel et bien au commissariat. Les policiers passeront la nuit à vous demander vos entécédents judiciaires et les liens possibles que vous pourriez entretenir avec Daesch avant de vous relacher le lendemain.

Vous étiez parti pour avoir des autographes, vous être revenu avec une classification en fichier S. Pas mal. Au moins, on aura parlé de vous dans la presse locale entre l'article "ivre, il tente d'épouser un parcmètre" et "un lama entre par erreur dans une boutique de fleur." C'est déjà ça.

[BAD ENDING N°6]

109

Vous ne regrettez pas d'être resté pour voir l'animation. En effet, si la personne censée faire une démonstration du jeu vidéo *Overwatch* s'est lamentablement plantée, suite à des problèmes de configuration de manettes, de stress et de

connexion internet défectueuse, le tout fut particulièrement distrayant. Tout le succès revient aux deux commentateurs, Rumilio et Fraglord qui sont restés drôles et intéressants tout le long de l'animation. Fraglord, malgré ses airs ordinaire de petit brun barbu avec un t-shirt geek, est particulièrement drôle et a sorti vanne sur vanne.
Pris dans l'euphorie de la conférence, vous avez pris avec votre smartphone, une vidéo d'un des passage les plus drôle depuis votre siège. La vidéo n'est pas terrible mais vous la gardez comme souvenir.

Notez que vous possédez la VIDÉO BASSE QUALITÉ dans votre inventaire.

L'animation se termine pour faire place à une séquence de "question réponse" avec le YouTuber Brozzo.

Si vous voulez saisir cette occasion pour tenter d'obtenir une dédicace de Fraglord lorsqu'il descend de scène, rendez-vous au **46** Ou bien rester sur votre siège pour voir la prochaine animation, rendez-vous au **170**

Vous pouvez aussi sortir de la zone et faire la file d'attente pour tester des nouveautés jeux vidéos au **205,** vous rendre sur le stand des jeux rétros au **242**, aller sur le stand consacré à *Touhou Project* au **137**, aller voir la personne déguisée en lapin géant et distribuant des tracts dans les allées au **136** ou sortir de l'ESPACE JEUX VIDÉOS au **32**

110

Parmi les personnes qui sont présentes se trouve l'adolescent avec le bandeau de Naruto. Celui-ci vous reconnait.
"Je me suis inscrit à un cours de calligraphie. Peut-être que je vais pouvoir créer de véritable sorts de Ninja comme ça. Tu veux pas essayer avec moi ? C'est gratuit et il reste encore une place."

Le suivre dans son délire, rendez-vous au **234**
Refuser poliment, rendez-vous au **11**

111

La ZONE COSPLAY semble bien plus remplie qu'à votre première visite. Même si vous ne revoyez aucune tête que vous semblez avoir croisée auparavant il y a l'air d'y avoir plus de monde, notamment dû côté de la scène où un autre concours, plus professionnel, est attendu. De plus les stands où les cosplayeurs professionnels sont venus rencontrer leur public sont ouverts.

Vous pouvez vous rendre au stand de dédicaces, au **173** ou jeter un coup d'oeil au concours se trouvant sur la scène cosplay au **25**

112

Il n'y a pas grand chose à voir à la scène cosplay et s'il y a peut-être eu quelque chose d'intéressant, celle-ci est passée. La prochaine prestation commence dans une demi-heure.

Pour attendre le concours histoire de voir, rendez-vous au **25**, vous rendre au stand de dédicaces des cosplayeurs, rendez-vous au **173** ou bien sortir de la ZONE COSPLAY, rendez-vous au **38**

113

À contre-coeur vous vendez cette statuette édition limitée de *"Sasuke étranglé par Itachi"* sur Le Bon Coin.

Au bout de quelques jours, un acheteur est intéressé et vous tirez de cette transaction assez d'argent pour acheter votre billet en prévente. Toutefois le prix d'expédition de la statuette vous coûte tout de même **15 euros** de frais de port à la poste.

Le vendredi soir vous avez donc un BILLET EN PRÉVENTE mais il ne vous reste plus que **5 euros** Notez le sur votre fiche d'inventaire (au début du livre.)

Le lendemain c'est le jour de la convention, rendez-vous au **211**

114

Arrivé sur place, vous voyez une petite dizaine de stands composés d'une seule table. Plusieurs YouTubers se trouvent derrière, même si certains d'entre eux sont visiblement absents. Apparemment, tous ne dédicacent pas à la même heure.

Face aux tables, on peut trouver différents types de files d'attentes : Une petite file d'attente se trouve face au stand d'un individu nommé *Le roi des Sandalettes*, une file d'attente de taille moyenne se trouve devant le stand d'une personne à casquette et lunettes noires nommée *Mister Flech* tandis qu'une FILE D'ATTENTE MONSTRUEUSE se trouve devant le stand de *Brozzo le clown*. Celle-ci semble aller d'un bout à l'autre du parc Expo.

Faire la queue devant le stand de Brozzo le Clown, rendez-vous au **142**
Flâner et regarder les stands d'autres YouTuber, rendez-vous au **219**

115

Vous tentez de faire signe au groupe de jeunes costumés. L'un d'entre eux vous demande ce que vous voulez. Vous n'avez aucune idée en tête et sortez la phrase la plus bâteau du monde :
"Alors comme ça, vous êtes heuuu... cosplayés ?"
Le petit groupe vous regarde comme si vous étiez l'idiot du village.

Bravo Captain Obvious.

Prétexter de prendre une photo avec eux pour engager la discussion, rendez-vous au **99**
Demander si l'un d'entre eux est Tanukette Cosplay, rendez-vous au **89**

116

L'homme chauve vous repère instantanément. Il vient vous voir.
"Je suis désolé, mais cet atelier est surchargé par les demandes. Nous avons trop de monde qui souhaiterait participer et comme vous avez déjà fait une de nos activités, je mc demande si vous pourriez laisser votre place aux nouvelles personnes."
Vous acceptez tout naturellement et ressortez de l'espace des *activités japonaises diverses.*

Si vous souhaitez vous rendre au stand d'Ikebana, rendez-vous au **228** ou bien faire un tour du côté des voitures japonaises au **19**, jeter un coup d'oeil aux démonstrations d'Aïkido qui ont encore lieues, rendez-vous au **41** ou partir de la zone consacrée aux ACTIVITÉS JAPONAISES au **90**

117

Estimant qu'il serait suspect de partir maintenant, vous faites la file d'attente avec cette personne avec laquelle vous n'avez manifestement rien à dire. Or, au bout de 5 minutes, vous vous rendez compte que si vous êtes en train de jouer la comédie, la bénévole, elle, a un véritable besoin pressant. Au point qu'elle en a même mal au ventre et se tort de douleur. Celle-ci vous avoue qu'elle est debout depuis 5 heures du matin et n'a pas eu de vraie pause.

La file d'attente est encore très longue, ce qui est d'autant plus rageant car à dix mètre d'ici se trouvent d'autres toilettes, mais celles-ci sont réservées aux invités de la convention et aux membres du personnel.

Tenter de discuter avec elle pour lui faire penser à autre chose, rendez-vous au **67**
Braver une nouvelle fois les interdits et lui proposer d'aller dans les toilettes "VIP", rendez-vous au **164**
Profiter de ce moment inespéré pour lui faire faux bond, rendez-vous au **197**

118

Vous n'avez pas cette somme et vous le savez très bien. Ne seriez-vous pas en train de tricher par hasard ?

Retournez au paragraphe d'où vous venez, et si vous ne vous en souvenez plus, il ne vous reste plus qu'à recommencez l'histoire depuis zero.

Ça vous apprendra.

[SUCCÈS N°5]

119

Vous continuez votre course effrenée au milieu des voitures, cherchant un endroit pour vous planquer et semer le vendeur. Au bout du stand, se trouve une voiture américaine grise des années 80, autour de laquelle des cosplayeurs déguisés en savant fou et en jeune skater se font photographier.

Vous vous engouffrez dans ses portes papillons grande ouverte et les refermez avant que le vendeur ainsi que les vigiles ne vous prennent. Vous fermez la porte à clé. La masse, furieuse est agglutinée autour de la voiture et tape aux carreaux pour que vous ouvriez.

Dans la panique, vous démarrez le moteur de la voiture. Celle-ci vrombit. Les gens s'écartent du bolide que vous faites démarrer dans les allées de la convention. Dans la panique vous détruisez plusieurs stand avant de sortir de l'enceinte du parc Expo puis du parking en défonçant une barrière de sécurité. Par chance, personne n'a été écrasé... enfin, il vous semble.

Néanmoins après avoir roulé sur une centaine de mètres, vous vous apercevez que ce sont maintenant des voitures de police qui vous prennent en chasse. Vous décidez d'accélerer afin de les semer. Le cadran américain de la voiture indique 70, puis 80 puis 85 miles à l'heure. Arrivé à 90 miles à l'heure, un éclair blanc vous aveugle.

Lorsque vous reprenez vos esprits vous êtes chez vous, dans votre canapé. Le calendrier et l'horloge du salon semble indiquer que vous êtes une semaine auparavant. Hélas, vos fringues et vos possessions aussi. RAYEZ L'ENSEMBLE DE VOTRE INVENTAIRE et remettez votre portefeuille à **20 euros**. Et dirigez vous vers le premier paragraphe du livre afin de recommencer l'aventure à zero.

[SUCCÈS N°6]

120

Vous êtes désormais libre d'aller où bon vous semble. Ce n'est pas les choix qui manquent. Par où souhaitez vous vous diriger ?

L'ESPACE VIDÉASTES YOUTUBE, rendez-vous au **114**

LA ZONE DES ACTIVITÉS JAPONAISES, rendez-vous au **42**

La SCÈNE COSPLAY, rendez-vous au **47**

L'ESPACE JEUX VIDÉOS, rendez-vous au **65**

La BOUTIQUE et les autres stands marchands, rendez-vous au **217**

Vous SORTEZ DE LA CONVENTION, rendez-vous au **17**

121

Vous entamez la conversaton avec le gérant du stand, mais à peine a-t-il ouvert la bouche que vous ne pouvez plus en placer une. Bien content d'avoir trouvé quelqu'un avec qui parler, l'homme vous fait tout un historique de l'histoire du jeux vidéos en parlant de *ZX Spectrum*, du retro-gaming, de la crise des années 80 et d'*E.T.* sur Atari.

Pendant votre discussion à sens unique de nombreux visiteurs commencent à prendre les places vacantes. Lorsque vous réussissez à mettre un terme à la conversation, le stand est bien plus rempli de monde qu'auparavant.

Jouer à Pong, rendez-vous au **148**
Jouer à Mario Kart, rendez-vous au **232**
Jouer Metal Slug, rendez-vous au **179**
Sortir du stand, rendez-vous au **243**

122

Quoi de mieux que de passer un dimanche à mater des vidéos sur le net ? Que décidez-vous d'aller voir ?
Golem Pistache. Quelques sketchs vous dérideront un peu, rendez-vous au **125**
Tanukette-cosplay68. On peut toujours apprendre des trucs, rendez-vous au **63**
Les derniers live Twitch consacrés à *Overwatch*, rendez-vous au **169**

123

Sur-réagissant au coup porté par votre adversaire vous vous allongez sur le sol. Quelques badauds qui regardaien la démonstration se mettent à rire.

Vous vous relevez en prenant conscience d'être dans une situation un tantinet ridicule. La suite du cours se passe sans encombre. Vous quittez le tatami et remettez vos chaussures. Que souhaitez vous faire dorénavant ?

Regarder l'animation suivante, un cours d'Aïkido, rendez-vous au **41.** Jeter un coup d'oeil au stand floral d'Ikebana, rendez-vous au **183** ou bien flâner en direction des voitures au 40, vous rendre au stand des a*ctivités japonaises diverses* au **134** ou bien sortir de la ZONE DES ACTIVITÉS JAPONAISES au **90**

124

Les show de la scène cosplay n'ont pas encore commencés. Néanmoins un petit groupe de fans déguisés est en train de discuter près de celle-ci avec une agitation assez communicative. Non loin de là se trouve des stands vendant du matériel et des guides pour apprendre à faire des costumes. Collé à ce stand une table derrière les cosplayeurs les plus célèbres sont attendus afin qu'ils puissent dédicacer.

Que faites-vous ?
Examiner la scène, rendez-vous au **31**
Discuter un peu avec le groupe de cosplayeurs, rendez-vous au **93**
Vous diriger vers le stand de dédicace, rendez-vous au **141**

125

Créée depuis 2012, la chaine *Golem Pistache* ne compte pas moins de 150 vidéos. Certes, elles font 5 minutes en moyenne, mais il vous faudra votre après midi entier pour les voir en quasi-intégralité. Si les vidéos sont de qualités inégales, les sketchs deviennent de plus en plus impressionnants visuellement au fur et à mesure qu'ils perdent en humour et en originalité.
Votre période préférée date d'il y a un ou deux ans. Ça tombe bien, c'est celle où Brozzo-le-clown, le héros de votre petit frère était très actif. Le gars est très drôle et il semble se dégager une sympathie naturelle du personnage. L'aborder sera sûrement un jeu d'enfant.

Une semaine passe. Le jour de la convention est arrivé, rendez-vous au **211**

126

Vous gonflez vos joues toutes rouges et hurlez que c'est un scandale, que vous devez voir Brozzo absolument. Puis, plus violemment, vous tentez de bousculer les gens devant vous pour passer.

Cet éclat de colère est très mal perçu par les gens devant vous qui commencent à faire barrage contre vous. La cohue ne tarde pas à alerter les vigiles du parc des expositions, qui vous empoignent et vous ramènent jusqu'aux grilles de l'entrée.

Voilà, c'est malin, vous avez été jeté de la convention et vous avez interdiction d'y retourner, vous allez direct au **165**

127

Vous tendez au vendeur le TRACT DE LUPION que vous avez obtenu dans la zone des jeux vidéos. Celui-ci le regarde avec intérêt : "Hé avec ce tract se trouve un code de réduction pour un jeu sur téléphone portable. Ça à l'air sympa. J'accepte."

Vous êtes invité à fouiller son stand. Au bout de quelques minutes vous tombez sur une photo d'une jeune femme costumée en princesse Zelda que vous reconnaissez. Il s'agit de Tanukette, la cosplayeuse dont votre frère est fan. Vous la prenez.

Veuillez noter dans votre fiche d'inventaire que vous n'avez plus le TRACT DE LUPION et que vous avez désormais LE PRINT DE TANUKETTE.

Vous rangez le print dans votre sac et vous le fouillez à la recherche d'un autre objet, rendez-vous au **73**

128

Vu l'état de vos finances, hors de question d'acheter un costume tout prêt. Il va faire du do-it-yourself. Vers quel type de cosplay vous dirigez vous ?

Un cosplay de bric et de broc créé à partir d'affaire récupérées dans votre appartement ? Rendez-vous au **239**
Un cosplay un peu plus chiadé à base de tissus ? Rendez-vous au **210**

129

Vous caressez le salamèche sur la tête. Il n'est pas très content et commence à utiliser une attaque FLAMMÈCHE sur vous. C'est TRÈS EFFICACE. Il ne vous reste plus que 3 POINTS DE VIE.
Vous voici en facheuse posture. D'autant plus qu'il s'apprête à recommencer. Qu'allez vous faire ?

Faire appel à Carapuce même s'il n'a plus qu'un seul point de vie, rendez-vous au **172**
Utiliser une Pokeball en priant de toute vos force pour qu'elle l'attrape, rendez-vous au **224**
Sortir un shamallow au bout d'un bâton et tenter de le faire griller sur la queue du Salamèche, rendez-vous au **57**

130

Vous montez sur scène. Le régisseur vous fait un signe du pouce indiquant que tout est ok et vous demande de vous approcher l'avant de la scène.

Une musique bien connu tirée du jeu Undertale se met à retentir sur les haut-parleurs. Vous vous avancez, faites coucou aux gens. Ceux-ci semblent reconnaitre le personnage et vous entendez quelques cris positifs. Votre minute de prestation se termine vite.

Vous redescendez de scène et regardez les prestations des cosplayeurs après vous. À la fin du show, un animateur demande à nouveau à tous les cosplayeurs de monter sur scène afin de juger de leur prestation à l'applaudimètre. Vous vous exécutez. Chaque participant est représenté un par un et la foule doit hurler son approbation en fonction des applaudissements.

Lorsque vient votre tour, recevez quelques applaudissements francs, mais en comparaison de ceux reçus par d'autres participants, ils n'ont rien d'exceptionnels. Vous ressortez et quelques cosplayeurs dont vous reconnaissez le visage pour avoir un peu discuté avec vous viennent vous dire un petit mot gentil. Puis, la foule se disperse.

Aller faire un tour du côté des stands de dédicace, rendez-vous au **173** ou sortir de la ZONE COSPLAY, rendez-vous au **38**

131

Vous expliquez à votre frère que vous n'avez aucun des autographes qu'il vous avait fait promettre de lui rapporter. Vous tentez de lui expliquer les galères par lesquelles vous êtes passé, mais celui-ci s'énerve avant que vous n'ayez fini et part s'enfermer dans sa chambre.

Votre mère vous regarde d'un air sévère, vous rétorquant que sur la journée que vous avez passé, vous auriez au moins pu faire un effort. Vous commencez à lui raconter les différents problèmes que vous avez dû surmonter, mais celle-ci ne comprends pas grand chose à vos histoires de convention, de cosplay et de vidéos youtube. Elle laisse tomber au bout de cinq minutes.

Ce soir là, seul sur le canapé, vous n'arrivez plus à vous concentrer. Les remords vous assaillent. "Si seulement j'avais fait autrement."

Les remords finissent par vous ronger. Vous en perdez le sommeil. Puis l'appétit. Votre santé en pâtit et vous tombez par deux fois malade dans les semaines qui suivent. Quelques mois plus tard, vous n'êtes plus que l'ombre de vous même. Vous trainez toujours avec vous un air gris, fade et morne. Plus aucun de vos amis ne vous rappelle et dans la rue les gens semblent vous éviter comme la peste.

L'année suivante, lorsqu'une nouvelle édition de la MANGA MEGA MANIA à ouvert ses portes, cela fait plusieurs mois que vous aviez trépassé, rongé par la mélancolie.

[BAD ENDING MAUDITE]

132

Au bout du stand qui vend une quantité impressionnante d'ouvrages sur les jeux vidéos, vous notez qu'il reste un coin, libre. Derrière se trouve une affichette disant "À l'occasion de la MANGA MEGA MANIA, Sebastien Benoit viendra dédicacer son nouveau livre *L'HISTOIRE DES FPS DE 1944 À NOS JOURS*"

Vous finissez de lire l'affiche et retournez dans les allées de la convention, rendez-vous au **35**

133

L'attente n'aura pas été très longue. Au bout d'une petite dizaine de minutes, vous arrivez devant un bénévole muni d'un lecteur de code-barre et d'un vigile. Après avoir vigoureusement taté vos affaires, le vigile vous laisse entre les mains du bénévole.

Vous possédez le BILLET EN PRÉVENTE , rendez-vous au **218**

Vous n'avez pas le BILLET EN PRÉVENTE, rendez-vous au **168**

134

Le stand consacré aux *activités japonaises diverses* est plus vaste que les autres et contient plusieurs tables alignées les unes à côté des autres afin de pouvoir effectuer différents travaux manuels. Vous

lisez que plusieurs ateliers auront lieu ici :
- *Origami (le mot est rayé d'un trait rouge au marqueur.)*
- *Ikebana*
- *Calligraphie*
- *Introduction à l'art du haiku*
- *Essayage de kimono*

Tandis qu'assis sur une chaise, un homme chauve pianote sur son téléphone portable, une femme, asiatique, discute avec différentes personnes. Elle propose aux gens une initiation à l'Ikebana qui va commencer dans un instant.

Si vous avez un ORIGAMI, rendez-vous au **159**
Sinon vous pouvez participer à l'initiation à l'Ikebana en vous rendant au **26**
Vous pouvez refuser et faire un tour sur le stand de voiture au **40**, jeter un coup d'oeil au cours d'Aïkido qui va bientôt commencer au **41** ou sortir de la ZONE DES ACTIVITÉS JAPONAISES, rendez-vous au **90**

135

Le stand vendant des comic-books d'occasion est un capharnaüm pas possible dans lequel vous ne trouvez pas que des comic-books.

Si vous possédez LA PHOTO DE GROUPE, rendez-vous au **2**
Sinon, rendez-vous au **104**

136

Malgré tous les déguisements et costumes d'animaux type *furry* qui se trouvent dans les allées de la convention, le lapin géant se voit très bien d'où vous êtes. Peut-être parce que la femme qui donne des tracts à côté de lui porte un costume particulièrement moulant ? Ou peut-être parce que ses oreilles font presque deux fois sa taille. Quelle que soit la personne qui ai fait ce costume, elle doit être dotée d'un sens des proportions relativement... absent. Vous avez une pensée émue pour le comédien à l'intérieur du costume qui doit mourir de chaud, en plus de pouvoir difficilement se mouvoir.

L'animal porte lui-même une pancarte *Free-Hug* tandis que la femme à côté de lui distribue des tracts pour un jeu mobile.

Faire un calin au lapin, rendez-vous au **64**
Prendre un tract, rendez-vous au **83**

137

"Touhou Project (東方 Project, Tōhō Purojekto?, littéralement « Projet de l'est »), généralement abrégée Touhou, ou Project Shrine Maiden, est une série japonaise à succès de shoot them ups de type manic shooter ou danmaku créée par la Team Shanghai Alice en 1996."
Ce panneau se trouvant sur le stand ne vous permet

136. Quelle que soit la personne qui ai fait ce costume, elle doit être dotée d'un sens des proportions relativement... absent.

pas vraiment de voir de quel type de jeux vidéos il s'agit. Le stand quant à lui est composé d'une table ronde sur laquelle est disposée des ordinateurs. Chacun d'entre eux fait tourner une des jeux de la licence. Après demande de conseil à l'une des responsables de stand, déguisée en petite soubrette vous vous retrouvez à jouer à *Touhou Koumakyou ~Embodiment of Scarlet Devil*

Celui-ci est dur et après un premier essai vous perdez vite. Néanmoins vous refaite une ou deux parties et vous arrivez à progresser un peu. Néanmoins, vous finissez par tomber tout de même sur un Game Over.

Continuer, rendez-vous au **91**
S'arrêter là, rendez-vous au **20**

138

Vous vous retrouvez dans un étrange atelier d'origami animé par l'homme chauve avec deux ou trois personnes moyennement motivés.
Le responsable du stand vous propose quelques modèles d'origamis à reproduire. Si celui-ci arrive à recréer les plus difficiles en quelques minutes chrono, vous mettrez une heure à créer un renard boiteux en papier qui ressemble vaguement à une poule.

Notez L'ORIGAMI DE RENARD dans votre inventaire.

Vous pouvez sortir de l'atelier. Où souhaitez vous aller ensuite ? Pour le stand d'Ikebana, rendez-vous au **183**, pour le coin consacré aux arts martiaux où apparemment se trouve une démonstration de Karaté, rendez-vous au **221**
Vous pouvez aussi aller voir les voitures rangées en ligne au fond de la zone au **28** ou sortir de la ZONE DES ACTIVITÉS JAPONAISES au **90**

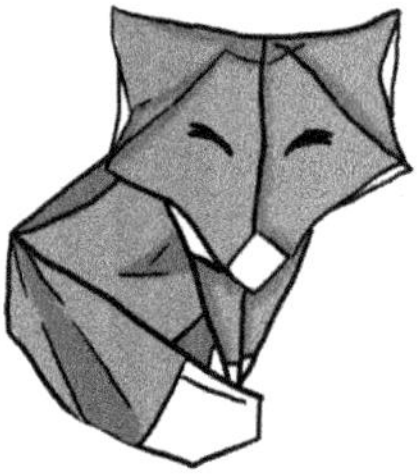

139

Au bout de 5 minutes, le vendeur par discuter avec un père et ses deux fils en kigurumi de Pikachu. Vous passez alors sous le cordon de sécurité qui vous séparait des voitures et vous vous faufilez à côté de la première venue, une Mazda grise.

À peine avez vous posé la main sur la poignée de porte que l'alarme de la voiture retentit. Les visiteurs aux alentours vous dévisagent. Vous tentez de fuir, mais le vendeur vous arrête.

Cinq minutes plus tard vous êtes entre les mains des vigiles du Parc Expo. Dix minutes plus tard, vous êtes à l'extérieur de ses grilles, avec l'ordre formel de ne pas y revenir. Vous rentrez chez vous, rendez-vous au **165**

140

Vous sortez le renard en ORIGAMI que vous avez effectué à l'atelier de création de cosplay. Le vendeur éclate de rire : "Tu crois vraiment que je vais faire du troc contre ce bout de papier ? Même moi je t'en fais un mieux en 5 minutes."
Un peu vexé vous fouillez à nouveau votre sac, rendez-vous au **73**

141

Visiblement le stand des dédicaces est encore vide. Un petit groupe de bénévole discute juste à côté. Vous vous approchez d'un air distrait. Vous comprenez que les cosplayeurs invités ne sont pas encore arrivés et vont sans doute dédicacer un peu plus tard dans la matinée. Parmi leur nom se trouve celui de Tanukette Cosplay.

Au bout du stand se trouve une boutique vendant des accessoires liés au cosplay (perruques, colliers, ouvrages sur le sujet) bien trop cher pour votre budget.

Continuer de flâner et examiner la SCÈNE COSPLAY, rendez-vous au **31**

Tenter de sympathiser avec un groupe de cosplayeurs non loin de là, rendez-vous au **93**
Ressortir de la ZONE COSPLAY, rendez-vous au **38**

142

Vous entrez dans la file d'attente pour Brozzo le clown. Les personnes semblent être arrivées dès l'ouverture de la convention afin de se faire dédicacer leurs billets d'entrée ou des carnets reproduisant celui du manga Death Note. A vue de nez, il y a peut-être une centaine de personnes, voire plus.
Vous commencez à poireauter dans la file. Afin passer le temps vous imaginez des plans pour faire accélerer les choses. Il y a peut-être moyen que ça fonctionne.

Appitoyer les gens en leur parlant de votre frère, rendez-vous au **144**
Faire un gros scandale, rendez-vous au **126**
Attendre patiemment comme tout le monde, rendez-vous au **77**

143

Conscient que partir sur une défaite serait vraiment décevant, vous multipliez les essais. Au bout de plusieurs essais, vous arrivez devant *Hon Meirin*, le boss du troisième stage. Celle-ci vous colle une rouste mémorable.
Abandonner, rendez-vous au **20**
S'acharner encore plus, rendez-vous au **230**

144

Vous tapotez l'épaule des personnes devant vous afin d'attirer leur attention et commencez à leur parler de votre petit frère. Vous racontez comme il vous à fait sa requête, son séjour à l'hopital en ce moment et évoquez, avec des sanglots dans la voix, l'amitié qui vous lie tous les deux.

Rien n'y fait. Ils estiment qu'ils étaient là avant vous et que vous pouvez bien attendre.

Vous continuez donc à attendre, rendez-vous au **77**

145

"Désolé, cela ne m'intéresse pas vraiment."
"N'hésitez pas à repasser si une autre activité vous tente. Nous sommes là pour toute la durée du salon."

Vous repartez.

Vous rendre au stand floral consacré à l'Ikebana, rendez-vous au **15**
Voir un peu plus près les activités d'art martial non loin, rendez-vous au **178**
Flâner en direction de la rangée de voiture garées non loin, rendez-vous au **28**
Sortir de la ZONE DES ACTIVITÉS JAPONAISES, rendez-vous au **90**

146

Après une très courte recherche sur Google, vous tombez sur le site barriolé de la MANGA MEGA MANIA. La bannière représente divers personnages de la pop culture se pressant autour d'un Tori. Vous y cherchez les moyens de vous y rendre. Ça n'est pas la porte à côté mais moyennant les transports en commun vous devriez pouvoir y arriver.

Vous jetez un coup d'oeil au prix du billet : *Ha ouais quand même !* **20 euros** sur place, **15 euros** en prévente et **15 euros** sur place pour les gens déguisés. Sachant que vos économies se résument à un pauvre billet de 20 balles trainant dans votre portefeuille et que vous ne pouvez pas payer en ligne, qu'allez vous faire ?

Vous avez pile assez d'argent pour rentrer. Vous saurez vous débrouiller sur place, rendez-vous au **211**

Leo vous a dit qu'il y avait des mecs qui vendaient des billets à moins cher sur le parking le jour J. Ça se tente, rendez-vous au **44**

Vous vous dites que vous pouvez improviser un cosplay, rendez-vous au **128**

Vous revendez une figurine sur Ebay pour payer le billet, rendez-vous au **113**

Vous tentez de faire le buzz sur YouTube afin d'engrenger un maximum d'argent, rendez-vous au **176**

147

A la grande surprise de la bénévole se trouvant derrière son guichet vous tournez les talons et faites demi-tour. Où décidez vous d'aller ?

Vous rendre dans la seconde file d'attente, celle marquée AVEC TICKET, rendez-vous au **133**
Vous laissez tomber et vous rentrez chez vous, rendez-vous au **235**

148

Vous vous essayez sur une partie de *PONG* et vous retrouvez à jouer face à une adolescente de 15 ans. Celle-ci abandonne au bout de quelques points perdus. "T'façon c'est nul, les manettes elles font mal aux mains."
Vous changez de jeu à votre tour.

Jouer à Mario Kart, rendez-vous au **88**
Jouer Metal Slug, rendez-vous au **179**
Jouer à Alex Kidd, rendez-vous au **6**
Vous quittez le stand, rendez-vous au **243**

149

Vous prenez en main la manette carré de la console Nintendo et entamez une partie de *Super Mario*, un jeu dont vous connaissez bien le principe : sauter sur les ennemis, rentrer dans des tuyaux, récupérer des champignons. A la fin de votre partie, vous vous apercevez que vous avez joué plus longtemps que vous n'auriez cru. Entre temps de nombreuses personnes se sont installées sur les consoles alentour, certains ont même changés de jeux. Que souhaitez vous faire ?

Jouer à Pong, rendez-vous au **148**
Jouer Metal Slug, rendez-vous au **179**
Jouer à Mario Kart, rendez-vous au **232**
Sortir du stand, rendez-vous au **243**

150

Vous vous approchez de la personne déguisée de la tête au pied en costume de loup pelucheux. Celui-ci vous ouvre les bras. Vous lui faite un gros câlin et l'espace d'un instant cela vous appaise du brouhaha ambiant, du stress de la convention et de votre quête pour retrouver les autographes voulus par votre petit frère.

C'est un peu plus apaisé que vous rejoignez les allées , rendez-vous au **35**

151

Afin de ne pas faire de discrimination, vous décidez de faire une photo de groupe. Tous prennent une pause badass le temps de la photo.

Vous êtes en possession d'une PHOTO DE GROUPE COSPLAYÉ dans votre téléphone portable. Notez-le dans votre inventaire.

Vous entendez dire que deux d'entre eux vont participer à un concours de Cosplay qui aura lieu prochainement sur la grande scène juste à côté.

Attendre le concours de cosplay en question, rendez-vous au **237**
Vous rendre au stand de dédicaces, rendez-vous au **173**

152

Après deux rapides envois de texto, vous passez dans le petit appartement d'Emilie. Celui-ci est rempli de statuettes et de figurines en tout genre représentant des héros d'animés et de jeux vidéos. Vous en reconnaissez d'ailleurs, une bonne partie. La discussion s'amorce sur le dernier *Smash Bros* et continue quatre heures plus tard sur les arcs narratifs de l'*Attaque des Titans.*

Après cette après midi bien remplie en débat, vous vous apprêtez à repartir. Sur le pas de la porte, Emilie vous tend un billet de **5 euros**. L'étonnement se lit dans votre regard.
"Tu te souviens pas ? Je te les avais empruntés pour m'acheter un sandwich le mois dernier."

Vous prenez cette somme et rentrez chez vous. Pensez à rajouter cet argent à votre somme totale dans votre inventaire.

Une semaine passe. Le jour de la convention est arrivé, rendez-vous au **211**

153

Nous sommes le matin du premier jour de la convention et cela se voit par le peu d'activité proposé dans le coin des activités japonaises.

En flânant entre les différents stands vous apercevez même des personnes en train de bailler au stand d'Ikebana tandis qu'au stand des "activités japonaise diverses" un petit homme chauve prend son café d'un air groggy. Plus loin, sur un tatami, une démonstration de judo est toutefois déjà en cours. Plus étonnant au fond de cette portion du Parc Expo se trouve un stand vendant des voitures.

Discuter avec les dames tenant le stand d'Ikebana, rendez-vous au **15**
Vous rendre au stand des "activités japonaises diverses.", rendez-vous au **3**
Vous approcher du tatami, rendez-vous au **178**
Flâner en direction des voitures, rendez-vous au **28**

154

Vous profitez du fait que personne ne vous regarde pour bricoler la feuille dans votre coin. Un guide sur l'origami est punaisé sur le mur et vous vous en inspirez afin de faire un pliage avec votre feuille.

À la fin du cours, vous n'avez plus de calligraphie, mais vous avez néanmoins fait un joli bonnet en papier qui ressemble à celui d'un panda. Si les autres participants ne goûtent pas votre appétence

pour le bricolage, cela fait marrer l'adolescent déguisé en naruto. Vous repartez avec un COSPLAY DE PANDA EN PAPIER. Pensez à le noter dans votre inventaire.
Vous sortez de l'atelier calligraphie, rendez-vous au **208**

155

La vendeuse lève les yeux sur vous.
"C'est pour vous ?"
"Bah oui."
"Mais, vous n'êtes pas cosplayé. Ce billet n'est réservé qu'aux personnes portant un déguisement. Avez-vous un déguisement dans votre sac ?"

Mentir et dire que oui, rendez-vous au **48**
Profiter du moment de surprise pour vous ruer à l'intérieur, rendez-vous au **199**
Dire que vous vous êtes trompé et payer 20 EUROS un billet PLEIN TARIF au **54**
Faire demi-tour, rendez-vous au **147**

156

Vous vous retrouvez dans une zone composée d'une petite dizaine de stands d'une seule table par YouTuber aux files d'attentes de tailles diverses : Une petite file se trouve face au stand d'un individu nommé *Le roi des Sandalettes*, une file de taille moyenne devant le stand d'une personne nommée *Mister Flech* tandis qu'une file d'attente minuscule a pris place devant le stand de *Brozzo le clown*

Faire la queue sur le stand d'un autre YouTuber comme le *Roi des Sandalett*es rendez-vous au **219**
Faire la queue sur le stand de *Brozzo le clown*, rendez-vous au **196**

157

Alors que tous les autres stands sont bien achalandés, le vendeur de celui-ci, un homme aux cheveux débraillés, est encore en train de ranger son stock lorsque vous arrivez. Vous jetez un coup d'oeil, il y a non seulement des comic-books, mais aussi des photos, des livres avec des châtons et des jouets de robots des années 80 sur lesquels la moitié des parties sont manquantes. Vous vous demandez à qui il compte bien vendre tout ça.

Le vendeur vous demande de repasser plus tard, il n'a pas encore fixé ses prix. Vous quittez le stand

Vous pouvez choisir d' aller au stand de vente de T-shirts rigolos au **202**, au stand consacré aux livres sur les jeux vidéos au **92,** à celui vendant des perruques pour les cosplay au **5** ou bien sortir de la zone marchande, rendez-vous au **30**

158

"Excusez moi tout le monde, c'est une urgence."

Tant bien que mal, vous arrivez à faire comprendre aux gens que vous n'êtes pas là pour vous soulager mais pour un incident nécessitant d'utiliser les lavabos. Ils vous laissent passer.

À l'aide d'eau et d'une tonne de papier épongant, vous réussissez à faire disparaitre la tâche. Ouf, plus de peur que de mal. Vous ressortez des toilettes, rendez-vous au **120**

159

L'homme chauve lève ses yeux de son téléphone portable et vous regarde :
"Encore vous ? Vous êtes déjà venu tout à l'heure."
"Cela pose problème ?" Lui répondez-vous.
"Bah, on préfère accueillir des gens qui n'ont pas déjà participé aux ateliers. Pour l'instant ça va, parce qu'il n'y a pas grand monde, mais essayez quand même de vous diversifier."

Pour participer quand même à l'atelier d'initiation à l'Ikebana, rendez-vous au **26**
Si vous souhaitez plutôt voir une animation sur l'Aïkido, rendez-vous au **41**, ou bien examiner le stand consacré aux voitures au **40** ou suivre son conseil au pied de la lettre et carrément sortir de la zone consacrée aux ACTIVITÉS JAPONAISES, rendez-vous au **90**

160

Le coin des activités japonaises, c'est souvent cet endroit où les gens passent et ne s'arrêtent pas malgré les efforts des exposants tentant de leur faire découvrir gratuitement leur passion pour le japon.

En flânant entre les différents stands vous apercevez un petit stand consacré à l'art floral de l'Ikebana, collé à un stand sobrement intitulé *activités japonaise diverses.* Plus loin, sur un tatami, une initiation de karaté est en train d'être prodigué à des visiteurs visiblement peu dégourdis. Plus étonnant, au fond de cette portion du Parc Expo se trouve un stand vendant des voitures japonaises.

Vous rendre au stand d'Ikebana, rendez-vous au **183**
Regarder quelles activités japonaises diverses sont actuellement prodiguées, rendez-vous au **134**
Jeter un coup d'oeil au cours de karaté, rendez-vous au **221**
Vous rendre prêt du stand de voiture, histoire de satisfaire votre curiosité, rendez-vous au **40**

161

Vous sortez le livre que vous avez gagné en jouant contre le barbu et vous le tendez à Fraglord. Celui-ci le dédicace avec soin. Il vous parle un peu de sa passion pour les jeux vidéos compétitifs. Vous en profitez pour faire un selfie avec lui.

Vous notez dans votre inventaire l'ajout d'un SELFIE AVEC FRAGLORD et d'une DÉDICACE DE FRAGLORD. À celle-ci est adjointe le numéro *27*, pensez à le noter.

Après ces 10 minutes de discussion amicale vous retournez à l'allée, rendez-vous au **35**

162

Le stand de T-Shirts offre de nombreux vêtements à l'effigie de personnages de jeux vidéos, de phrases parodiques ou de mèmes internet. Vous restez quelques minutes face à un T-Shirt étrange dont vous ne comprenez pas la signification. Il est composé de trois dessin à la suite :
Naruto prenant la pose - Un signe de calligraphie japonaise et un clown en train d'écrire sur une feuille.

Vous vous grattez la tête en vous demandant s'il ne s'agit pas d'une version déformée du mème sur les *«spoilers sans contextes. »* Vous retournez dans les allées, rendez-vous au **35**

163

Vous montez sur scène. Le régisseur vous fait un signe du pouce indiquant que tout est ok et vous fait signe de vous avancer vers l'avant de la scène sur une musique d'Undertale que vous connaissez bien. Vous faites coucou aux gens. Ceux-ci semblent reconnaitre le personnage et vous entendez quelques cris positifs. Certains viennent du petit groupe de cosplayeurs avec lesquel vous aviez discuté auparavant. Votre prestation passe à la vitesse de l'éclair.

Vous redescendez de scène pour regarder les prestations après la votre, notamment celle du garçon en costume de Captain America. Une fois-celle-ci finie un animateur demande à nouveau à tous les cosplayeurs de monter sur scène afin de juger de leur prestation à l'applaudimètre. Vous vous exécutez. Chaque participant est représenté un par un et la foule doit hurler son approbation.

Lorsque vient votre tour, recevez des applaudissements assez encourageant. C'est aussi le cas pour Elsa et Captain America. La foule n'étant pas très nombreuse devant la scène, vous vous dites que le petit groupe avec lequel vous aviez sympathisé avant a pesé dans les faveurs du public. En descendant de scène, le présentateur vous félicite pour votre prestation et vous remet à chacun un petit lot dans des sacs plastiques. Ceux-ci contiennent plusieurs petites babioles.
- UNE AFFICHE DU FESTIVAL
- UN PAQUET DE CHEWING GUM
- UN PRINT DE TANUKETTE COSPLAY. Vous pouvez noter ces éléments dans votre inventaire.

Après avoir échangé des salutations chaleureuses avec les autres participants, vous retournez à vos affaires.

Vous rendre au stand de dédicaces, rendez-vous au **173** ou sortir de la ZONE COSPLAY, rendez-vous au **38**

164

Vous proposez à la bénévole d'aller dans les toilettes réservées au personnel, lui rappelant qu'elle a un badge et donc qu'elle en a le droit. Celle-ci avoue qu'elle n'y avait pas pensé. Elle propose de vous faire passer grâce à son badge et continuant de jouer le jeu, vous acceptez. Vous franchissez ensemble les barrières de sécurité et ouvrez la porte sur laquelle est inscrit "reservé."
Vous voici dans les toilettes V.I.P. ... qui n'ont rien de plus impressionnant que des toilettes normales. À vrai dire, elles sont toutes petites et ne possèdent qu'un seul emplacement pour y faire ses besoins.

Si vous avez déjà été dans le coin des VIDÉASTES YOUTUBE, rendez-vous au **244**, sinon, rendez-vous au **18**

165

Vous voici loin de l'agitation de la convention. Toutefois celle-ci semble vous avoir suivi, puisqu'une trentaine de gens cosplayés attendront en même temps que vous à votre arrêt de bus. Le transport en commun sera d'ailleurs plein à craquer d'ex-visiteurs et vous n'aurez vraiment l'impression d'être en paix qu'une fois chez vous.

Le soir même votre petit frère vient vous voir pour vous demander ce que vous lui rapportez.

Il est maintenant temps de lui montrer vous

trouvailles. Pour cela, il faudra que vous preniez le numéro se trouvant à côté de chaque dédicace que vous possédez et additionnez-les. (Cela fonctionne même dans le cas où vous n'avez qu'une seule dédicace.) Rendez-vous alors au paragraphe correspondant au numéro obtenu.

Si toutefois vous n'avez AUCUN autographe rendez-vous au **131**

166

Le vendeur du stand est assez furieux de vous voir là. Néanmoins, vous arrivez à lui faire gober que vous êtiez perdu et que vous cherchiez les toilettes. Celui-ci demande à sa collègue de vous accompagner là bas. Estimant qu'il ne vaut mieux pas avouer que vous avez menti, vous jouez le jeu et la suivez. Vous sortez de la ZONE DES ACTIVITÉS JAPONAISES et vous retrouvez près des toilettes de la convention, rendez-vous au **226**

167

En proie à la panique vous sortez votre téléphone portable et composez le numéro du PROF CHEN.

"Allo, ici le PROFESSEUR CHEN. Es-tu un garçon ou une fille ?"
"Cette question n'a aucune importance professeur. Je suis face à un Salamèche particulièrement bizarre. Il a tué mon Carapuce, il a une lueur morbide au fond des yeux. Même le pokedex ne

sait pas quoi faire face à lui et se met à paniquer."
"Ho mon dieu, LA CRÉATURE EST REVENUE. Planque toi, mon enfant et attend mon retour. Les renforts arrivent."

Lorsque vous racrochez le portable, vous vous apercevez qu'il n'y a que des bosquets aux alentours et que vous ne pourrez pas vous cacher bien longtemps.

Attendre dans un bosquet malgré tout, rendez-vous au **207**
Lancer une pokeball afin de l'occuper, rendez-vous au **224**
Sortir un shamallow et tenter de le faire griller sur sa queue parce que... pourquoi pas ? Rendez-vous au **57**

168

Le bénévole attend de vous que vous lui donniez un billet que visiblement vous n'avez pas. Qu'allez vous faire ?

Profiter d'un moment d'inattention pour vous ruer vers le parc expo, rendez-vous au **199**
Bredouiller que vous l'avez perdu, allez au **200**
Avouer que vous vous êtes trompé de file, rendez-vous au **174**
Hurler que votre sac à dos contient une bombe et que vous n'hésiterez pas à en faire usage, rendez-vous au **108**

169

Après de longues heures à voir de nombreux live et autres retransmissions de tournois d'*Overwatch*, vous jetez l'éponge. Fraglord n'apparait jamais à l'écran et son apparence reste pour vous un mystère. Par contre vous apprenez de nombreuse choses sur ses techniques préférées et vous savez que son main, c'est à dire le personnage qu'il utilise le plus, est *Tracer*. C'est déjà ça.

Le dimanche se finit. Puis le lundi, le mardi, le mercredi, le jeudi et le vendredi. Nous sommes dorénavant le jour de la convention, rendez-vous au **211**

170

Vous restez sur votre siège. Et vous avez bien fait, car très vite la plupart des places autour se remplissent et avant que la conférence ne commence, il est impossible de s'asseoir. Brozzo est une personnalité très populaire sur YouTube et de nombreuses personnes espèrent profiter de ce moment pour lui poser des questions.

Vous avez LE SELFIE AVEC LA BÉNÉVOLE BLONDE, rendez-vous au **16**, sinon rendez-vous au **29**

171

Pour une raison obscure que vous ne comprenez pas, les toilettes du Parc des Expositions sont mixte, ce qui fait qu'une file d'attente monstrueuse de gens de tous genres et vêtus de cosplays divers et variés se trouve devant la porte. Ce qui est d'autant plus rageant car à dix mètre d'ici se trouve d'autres toilettes, mais ceux-ci sont réservés aux invités de la convention et aux membres du personnel.

Dire aux gens qu'il s'agit d'une urgence, rendez-vous au **158**

Attendre patiemment comme tout le monde, rendez-vous au **56**

Demander l'aide d'une personne de la convention, rendez-vous au **107**

172

"CARAPUCE GO !!! "

Vous lancez la Pokeball de toutes vos forces et le Pokemon de type EAU en sort. Il a mauvaise mine et ne semble pas s'être remis de son combat précédent.

Carapuce n'a pas le temps de lancer PISTOLET À O que le Salamèche se jette sur lui et lacère son visage avec GRIFFE. Des cris horribles sortent de la bouche de votre Pokemon pendant qu'une longue trainée de sang jaillit dans le airs. Vous n'aviez jamais vu une telle férocité chez un Pokemon et cet acte de sauvagerie vous décontenance assez. Après une courte agonie, Carapuce expire. Il est mort.

Vous êtes maintenant en possession d'un

CADAVRE DE CARAPUCE. Pensez à le noter dans votre inventaire.

Les griffes encore ensanglantées, le Salamèche lève son regard sur vous. Une lueur rouge et malsaine semble briller au fond de ses yeux. Qu'allez vous faire ?

Utiliser une Pokeball en priant de toute vos force pour qu'elle l'attrape, rendez-vous au **224**
Sortir un shamallow au bout d'un bâton et tenter de le faire griller sur la queue du Salamèche, rendez-vous au **57**
Appeler le professeur CHEN, rendez-vous au **167**

173

Le stand des dédicaces est composé de plusieurs tables côte à côte derrière lesquelles se trouvent des cosplayeurs, invités pour l'occasion. La table de *Tanukette Cosplay* est indiquée par une pancarte en PVL. Derrière elle se trouve un panneau sur lequel est épinglé des photos de ses plus beaux costumes, certains étant ornés d'un décolleté assez plongeant, d'autres bien plus pudiques. Devant les photos est assise celle qui se surnomme Tanukette, une jeune femme dont la robe, très belle, est assez fournie en dorures.
Vous vous approchez d'elle et lui demandez une dédicace.
"Pas de soucis. Toutefois je vous préviens que je ne dédicace pas sur papier libre. Il faut que vous

m'achetiez un print. Vous comprenez, cela permet de payer mon activité."
Le print s'avère être une photo d'elle. Qui coûte 5 euros.

Vous avez **5 euros** pour acheter le print, allez au **60**
Vous achetez carrément son book à **40 euros**, rendez-vous au **118**
Vous possédez déjà un PRINT DE TANUKETTE COSPLAY , rendez-vous au **229**
Vous négociez un autographe en parlant de votre frère à l'hopital, rendez-vous au **182**
Vous faites demi-tour et quittez la zone Cosplay, rendez-vous au **38**

174

"Je n'ai pas de billet en fait."
"La file d'attente pour acheter sur place, c'est là bas" répond le bénévole l'air blasé en vous indiquant l'immense file d'attente de l'autre côté du parc. L'air penaud, vous vous y rendez au **87**

175

"Hé vous pourriez faire attention aux gens !" Dites vous à l'adresse du V.I.P. hautain. Celui-ci se retourne vers vous, un air agacé sur le visage.

"Cette personne était là avant vous." Vous désignez la bénévole, qui profite de l'altercation pour rejoindre la cabine des toilettes avant lui.

"Vous savez qui je suis ? Je suis Brozzo le clown. Mon nom étant sur l'affiche de ce festival, mes besoins passent avant ceux des larbins de services."
"Pourquoi ? Vous chiez de l'or ?" Répondez vous du tac-o-tac.
Le visage du vidéastes YouTube passe au rouge et celui-ci sort des toilettes visiblement vexé. Inutile de dire que vous serez mal reçu si vous tentez de lui quémander un autographe sur son stand.

La bénévole blonde sort des toilettes. Elle vous remercie d'avoir pris sa défense et s'épenche un peu sur sa vie : la journée a été abominable, ses supérieurs lui mettent la pression et on est pile à la mauvaise période du mois. Elle insiste pour faire un selfie avec "la seule personne gentille qu'elle ai rencontré aujourd'hui." Vous en faites un à votre tour.

Vous obtenez LE SELFIE AVEC LA BÉNÉVOLE BLONDE. Pensez à le noter dans votre inventaire.

[SUCCÈS N°4]

Vous ressortez des toilettes, rendez-vous au **120**

176

Après une semaine à vous filmer avec votre webcam, vous avez tout tenté : danses Fortnite, tentatives de pranks sur votre mamie, challenges tous plus débiles et dangereux les uns que les autres. Toutefois à la fin de la semaine, vous vous en tirez avec à peine 30 centimes de monétisation que Google vous enverra dans trois mois.

Maintenant on est vendredi, la convention est demain, vous êtes toujours aussi pauvre et les gens se moquent de vous dans le quartier. Qu'est ce que vous vous imaginiez ?
Le jour de la convention est arrivé, rendez-vous au **211**

177

Vous montez les escaliers. Le régisseur vous regarde quelques secondes, puis vous demande d'entrer en scène.

Lorsque vous atteignez le bord de la scène, vous vous apercevez que celui-ci a mis la musique de Pacman. Et le pire, c'est qu'une partie du public semble apprécier et reconnaitre dans votre costume celui du personnage culte des jeux vidéos.
Vous décidez de jouer le jeu jusqu'au bout et vous vous mettez à ouvrir la bouche comme si vous avaliez des pac-gommes à tour de bras. L'effet semble dérider quelques personnes mais laisse de marbre une bonne partie du public.
Vous redescendez de scène et regardez les prestations après la votre. À la fin du spectacle, un animateur demande à nouveau à tous les cosplayeurs de monter sur scène afin de juger de

leur prestation à l'applaudimètre. Vous vous exécutez.
Lorsque vient votre tour, vous ne recevez que quelques applaudissements clairsemés et polis, histoire de vous féliciter d'avoir participé. Vous redescendez de scène.

Pour se rendre au stand de dédicaces, allez au **173** ou sortir de l'espace COSPLAY, rendez-vous au **38**

178

Sur un tatami, une démonstration de judo est en train d'être effectuée mais celle-ci se termine au bout dix minutes. Le professeur annonce alors la tenue d'un cours de karaté et demande si des gens sont intéressés pour y participer.

Vous inscrire, rendez-vous au **10**
Juste regarder le cours, rendez-vous au **221**

179

Vous vous essayez au jeu Metal Slug. Les graphismes sont assez rigolo et votre personnage tire dans tous les sens sur des terroristes de cartoon. Cela vous détend un peu. Après un quart d'heure de jeu, vous donnez votre manette à un autre joueur et changez d'occupation.
Jouer à Pong, rendez-vous au **148**
Jouer à Mario Kart, rendez-vous au **88**
Jouer à Alex Kidd, rendez-vous au **6**
Raccrocher les manettes et partir du stand, au **243**

180

"Bonjour, excusez moi, on m'avait dit qu'il y avait un concours... une catwalk, c'est ça ?"
Une bénévole avec des oreilles de chat vous répond.
"C'est pas vraiment un concours. En gros, ça consiste à se balader sur scène pour montrer votre costume. Le public votera pour celui qu'il préfère, mais on gagne juste un petit lot. Vous voulez vous y inscrire ?"

Vous répondez par l'affirmative. Après avoir pris votre nom ainsi que le personnage que vous êtes censé représenter, elle vous donne un PETIT TICKET NUMÉROTÉ (Notez le dans votre inventaire.)
"Conservez-le. La catwalk est l'animation avec laquelle on va démarrer la journée."

Attendre que le concours commence en se postant près de la scène, rendez-vous au **76**
Passer le temps en sortant de la ZONE COSPLAY, rendez-vous au **38**
Aller bavarder avec le petit groupe de cosplayeurs pour passer le temps, rendez-vous au **93**

181

Vous jetez un coup d'oeil sur ce stand proposant de nombreux ouvrages consacrés aux jeux vidéos. Vous ignoriez qu'on pouvait à ce point être prolixe sur cette activité.

Si vous avez la VIDÉO BASSE QUALITÉ , rendez-vous au **13**, sinon, rendez-vous au **132**

182

Vous commencez à aborder le sujet de votre petit frère en lui expliquant que celui-ci est un de ses plus grands fans, qu'il adore tout ce qu'elle fait et qu'il est pour ainsi dire presque amoureux d'elle.

Cela lui fait ni chaud ni froid.

Cedez et acheter un print , rendez-vous au **60**
Vous n'avez pas assez d'argent ou pas envie de payer et vous rebroussez chemin, allez au **38**
Vous avez une CARTE DE VISITE DU DOJO DE KARATE et décidez de vous en servir, rendez-vous au **213**

183

La dame japonaise qui tient le stand étant en grande conversation avec un visiteur, vous jetez un coup d'oeil au stand, décoré avec des compositions florales minimalistes.
Commencez à jetez un coup d'oeil aux panneaux, expliquant l'art de l'Ikebana mais la gérante du stand vous tire de votre lecture.

"Si vous êtes intéressez par l'Ikebana, ma collègue fait une démonstration sur le stand des activités japonaise, juste à côté."

Si vous voulez suire son conseil et vous y rendre,

rendez-vous au **134**
Sinon vous pouvez vous rendre dans la zone de combat non loin pour voir un cours de karaté au **221**, jeter un coup d'oeil à l'intriguante rangée de voitures, au **40** ou bien sortir de la ZONE DES ACTIVITÉS JAPONAISES, rendez-vous au **90**

184

Pris d'un instinct de survie que vous ne vous connaissiez pas, vous bloquez immédiatement la main de votre voisin d'à côté en la prenant en sandwich avec vos deux mains. Vous entendez comme un souffle d'admiration venant des badauts qui suivaient la démonstration. Le maitre arrive immédiatement et vous racontez ce qu'il s'est passé.
La suite du cours se passe sans encombre, vous quittez le tatami et remettez vos chaussures. Le maître vient vous voir et vous tend une carte.

"Bravo pour vos réflexes. Si par hasard vous souhaitiez vous mettre au karaté, voici l'adresse de notre dojo, il se trouve dans le centre-ville, non loin de la gare."

Vous êtes maintenant en possession d'une CARTE DE VISITE DU DOJO DE KARATE. Pensez à le noter dans votre inventaire.

Où souhaitez vous aller dorénavant ?

Vous pouvez regarder l'activité suivante, un cours d'Aikido au **41** jeter un coup d'oeil sur le stand floral d'Ikebana au **183**, au stand des *activités japonaises diverses* au **134**, flâner en direction de la longue ligne de voitures au **28** ou sortir de la ZONE DES ACTIVITÉS JAPONAISES au **90**

185

Au final, après avoir attendu, vous voici enfin devant Brozzo. Celui-ci grogne quelques mots et vous demande "c'est pour qui ?"
Vous expliquez que c'est pour votre frère. Vous commencez à parler de lui mais celui-ci semble pas vous écouter, tout occupé qu'il est à engueuler un bénévole qui ne lui a pas apporté une bouteille d'eau à temps. Il vous signe vite fait le bout de papier qu'il vous tend. Puis il vous demande de partir tout en lachant une blague grivoise envers la cosplayeuse déguisée en Harley Quinn qui vient après vous dans la file.

Vous pouvez rangez l'AUTOGRAPHE DE BROZZO LE CLOWN dans votre sac à dos. Celui-ci porte le numéro *12* Notez ce détail sur votre feuille d'inventaire.
Votre passage à la zone YouTube est fini où souhaitez vous vous diriger ?

Vers l'espace JEUX VIDEOS , rendez-vous au **65**
Du côté de la SCÈNE COSPLAY au **47**
Vers le parc d'ACTIVITÉS JAPONAISES au **160**

En direction des BOUTIQUES et autres stands marchands, rendez-vous au **217**

186

La bénévole derrière le guichet, une jeune fille brune à lunette, vous fait un grand sourire.
"D'accord, ça fera 20 euros s'il vous plait."

Payer 20 euros, rendez-vous au **54**
Se raviser et supplier la vendeuse pour qu'elle vous fasse une réduction, rendez-vous au **198**
Faire demi-tour, rendez-vous au **147**

187

La femme-lapine vous tends un prospectus. Sur celui-ci on peut voir un petit lapin rose vanter les mérites d'un jeu sur mobile.
"C'est *Lupion* le lapin polisson, notre mascotte." Dit-elle en souriant.
Vous changez de sujet. "Excusez moi, savez-vous s'il y a un stand consacré à *Overwatch* ?"
"C'est quoi *Overwatch ?*"
"Un jeu vidéo."
"Moi, je ne connais qu'un seul jeu vidéo, c'est *"Lupion's Adventure"* qui est immédiatement accessible sur Androïd et IOS."
"Ha, et vous connaissez quelqu'un qui pourrait me guider ?"
"Non. Par contre, je connais *Lupion*, il viendra tout à l'heure pour être en photo avec le public de la convention. Ne le manquez pas."

"Non, parce que je cherche quelqu'un pour un autographe"
"*Lupion* lui aussi fait des autographes. Et vous pourrez aussi lui gratter la tête et passer vos doigts dans son pelage doux d'adorable peluche géante."
"Non, mais je veux dire, je cherche un streamer Twitch qui..."
"Je ne connais pas de chaine Twitch. Par contre, Lupion a une chaine YouTube. Sur celle-ci vous pourrez découvrir le premier niveau de *Lupion's Adventure*, ainsi que de le moyen de débloquer des carottes bonus."

Même une conversation avec un bot automatique aurait plus de sens que le dialogue que vous êtes en train d'avoir. Vous laissez tomber l'affaire. Vous récupérez néanmoins le TRACT DE LUPION, que vous mettez dans votre poche. Pensez à le noter dans votre inventaire.

Regarder les conférences sur la scène dédiée aux jeux vidéos, rendez-vous au **223**
Faire la queue pour les nouveautés jeux vidéos, rendez-vous au **49**
Vous rendre au stand de *Touhou Project*, rendez-vous au **102**
Flâner du côté des vieilles consoles de jeux vidéos, rendez-vous au **189**
Sortir de l'ESPACE JEUX VIDÉOS, rendez-vous au **32**

187. La femme-lapine vous tends un prospectus.

188

"Encore merci pour l'autographe Brozzo."
La remarque lui fait tourner la tête. Alors qu'elle allait se faire griller la place, la bénévole profite de la distraction pour entrer dans la cabine des toilettes et se soulager. Visiblement agacé de devoir attendre, Brozzo pousse un soupir.

"C'est quoi cette convention où les larbins ont plus de droit que les invités ? Heureusement qu'elle a un beau cul !"

La remarque déplacée ne vous fait pas sourire. S'en suit 5 minutes de silence avant que la jeune femme ne sorte de la cabine. Puis, 5 minutes avant que Brozzo ne sorte des toilettes. Vient alors votre tour.... et vous vous rendez compte que vous n'avez aucune envie de faire vos besoins, en fait. Vous en ressortez au **120**

189

Sur une longue table se trouvent différents modèles de consoles retro. Par chance, peu de gens y jouent et vous avez le choix dans les jeux. Toutefois, vous n'y connaissez pas grand chose et vous ne reconnaissez que trois consoles : une ATARI, une console NES de chez Nintendo et une console de chez Sega.

Derrière le stand se trouve un homme barbu et massif qui vous sourit.

Faire une partie de *PONG* sur Atari, au **37**
Jouer à *Super Mario* sur NES, rendez-vous au **149**
Faire une partie d'*Alex Kidd* sur Master System, rendez-vous au **227**
Discuter avec le gérant du stand, allez au **121**

190

Vous dites à Fraglord que vous ne pouvez pas payez, mais vous lui parlez quand même de votre petit frère, du fait qu'il ne puisse pas venir parce qu'il est à l'hopital, du fait qu'il est un grand fan et tout et tout.

Fraglord prend un air gêné et dit : "Je risque d'avoir des emmerdes si je signe un truc gratos. Par contre, j'ai un livre qui a un léger défaut d'impression, je te le fait à 5 euros."

Vous payez **5 euros** pour acquérir le livre, rendez-vous au **85**
Vous n'avez pas assez, vous refusez poliment et repartez dans l'allée, rendez-vous au **35**

191

L'homme chauve, qui semble être à la fois le gérant du stand et le moniteur de la prochaine activité s'approche de vous.
"Une initiation sur l'art ancestral de la calligraphie japonaise va commencer ici d'un moment à l'autre, cela vous intéresse t-il ?"

"C'est payant ?" Demandez-vous.
"Non, c'est une démonstration, tout est fourni."

Accepter son offre et faire de la calligraphie, rendez-vous au **22** Refuser poliment, allez au **11**

192

Vous vous approchez du groupe de cosplayeurs. En vous voyant une fille déguisée en Elsa de la *Reine des Neiges* se met à rire. Un autre, déguisé en Naruto lui fait "ho, un cosplay du jeu vidéo Undertale, chouette."
Il ne reste plus qu'à leur parler.

Demander si parmi eux se trouve Tanukette Cosplay, rendez-vous au **89** ou leur demander de les prendre en photo pour engager la discussion, rendez-vous au **99**

193

"Mais, tu ne porte pas de cosplay ?" Fait remarquer l'adolescente déguisée en Elsa.
Sa voisine lui tape sur l'épaule en lui rétorquant "Bah, c'est probablement une surprise."

Vous réfléchissez que vous vous êtes inscrit à un concours de costume sans avoir de costume.

Si vous souhaitez participer au concours quand même. (Enlevez le TICKET NUMÉROTÉ de votre inventaire, celui-ci vous ayant été pris par une

personne à l'entrée) rendez-vous au **34**
Ne pas y aller et fuir vers le stand de dédicace, rendez-vous au **173**
Ressortir de la ZONE COSPLAY, allez au **38**

194

Vous désignez un jeune garçon d'une vingtaine d'année vêtu d'un cosplay tentant de reproduire le costume de Captain America. Celui-ci effectue un sourire semblable à celui d'un acteur américain.

Vous êtes en possession d'une PHOTO DE CAPTAIN AMERICA dans votre téléphone portable. Notez-le dans votre inventaire.

"Ha ha. Vous êtes le premier à me prendre en photo."
"Ca double tes chances pour le concours" lui fait une jeune fille déguisée en pom-pom girl à ses côtés.
Vous apprenez alors qu'une sorte de parade des différents costumes va se dérouler sur scène d'ici une demi-heure et que lui, ainsi que la jeune fille déguisée en Elsa y participent.

Attendre la prestation cosplay afin de voir ce qu'ils vont faire, rendez-vous au **237**
Vous rendre au stand de dédicaces, rendez-vous au **173**

195

Bien que la scène des conférences occupe un espace conséquent de la convention, car composé d'une très grande scène devant laquelle se trouve de nombreuses chaises, le dispositif dessus n'est guère impressionnant : une table, des chaises et un téléviseur connecté à une console destinée à y faire jouer une personne dont les actions seront retransmises sur grand écran.

En regardant le programme sur le téléviseur, vous apprenez que le prochain événement sera une partie d'*Overwatch* commentée par Fraglord, le joueur dont votre petit frère veut l'autographe.

Si vous souhaitez chercher un siège libre pour voir la partie commentée, rendez-vous au **109**
Sinon vous pouvez aller sur le stand des jeux vidéos anciens au **242**, sur le stand *Touhou Project* au **137**, aux bornes d'essais des nouveaux jeux vidéos au **205**, voir la personne déguisée en lapin géant qui distribue des tracts dans les allées, vous pouvez y jeter un coup d'oeil au **136** ou sortir de l'ESPACE JEUX VIDÉOS, rendez-vous au **32**

196

La file d'attente pour Brozzo le clown n'est plus longue que d'une vingtaine de personne. Vous constatez la présence d'un bénévole à son bout. Celui-ci vous arrête.

"Désolé monsieur, mais les dédicaces pour Brozzo le clown sont finies. Il reviendra demain."
"Je ne peux pas demain. C'est possible de passer en tout dernier ?"
"Désolé, mais Brozzo a une conférence après. Et si j'accepte la requête de n'importe qui, ça va finir par être le cirque."
"Si c'est le cirque, ça ne va pas trop le dépayser alors." Répondez-vous du tac au tac.

Le bénévole ne semble pas sourciller à votre blague. Vous avez fait choux blanc. Vous revenez sur vos pas. Où décidez vous d'aller ?

À l'espace JEUX VIDEOS, rendez-vous au **65**
Près de la SCÈNE COSPLAY, rendez-vous au **47**
Dans le coin des ACTIVITÉS JAPONAISE, rendez-vous au **42**
Du côté des STANDS DE VENTE DE MARCHANDISE, rendez-vous au **217**
Enervé, vous décidez de sortir de la convention, rendez-vous au **17**

197

Vous profitez que la bénévole soit trop occupé dans la foule attendant pour les toilettes pour vous faufiler, utiliser votre pouvoir de discretion et repartir. Celle-ci ne fait pas attention. Vous voici à nouveau dans les couloirs de la convention, libre comme l'air de pouvoir vous diriger où bon vous semble. Par où dirigez-vous vos pas ?

Aller à l'espace JEUX VIDEOS, rendez-vous au **65**
Flâner du côté des BOUTIQUES et autres stands marchands, rendez-vous au **217**
Vous rendre à l'ESPACE DES VIDÉASTES YOUTUBE, rendez-vous au **156**
Retourner dans la ZONE DES ACTIVITÉS JAPONAISES, rendez-vous au **42**
Se rendre près de la SCÈNE COSPLAY, rendez-vous au **47**
Sortir de la convention, rendez-vous au **17**

198

Vous esquissez votre sourire le plus désolé envers la vendeuse.

"Je suis désolé, je n'ai pas assez d'argent sur moi mais je dois absolument rentrer, mon petit frère compte sur moi."
"Votre petit frère est à l'intérieur ?" Vous demande t-elle avec un air ingénu.
"Non, il est à l'hôpital. Mais je dois absolument rencontrer des gens."
"Ha ? Ce sont des amis de votre petit frère ?"
"Non, ils ne le connaissent pas, mais ils peuvent m'aider à..."
"Ha, j'ai compris ! Vous pensez qu'il y a des médecins à l'intérieur de ce bâtiment qui peuvent sauver votre petit frère."
"Je... heu..."

Vous avez à peine le temps de répondre, que la

vendeuse s'adresse à sa collègue du guichet d'a côté.
"Marion, j'ai une personne qui pense que les gens cosplayés en médecin sont de vrais docteurs qui peuvent opérer son petit frère malade. Je lui dis quoi ?"
"C'est sûrement un étranger."

La vendeuse reviens vers vous et commence à vous parler très fort avec de grands gestes.
"I'M SO SORRY ! Ce ne sont pas de vrais médecins. There is no real doctors here. This not an hopital. This is a convention of Manga."

Ok, c'est mal parti pour avoir une réduction.

[SUCCÈS N°8]

Couper court à cette situation et payer **20 euros** un billet plein tarif , rendez-vous au **54**
Mentir en disant que vous êtiez en train de faire du rôleplay pour aller avec votre costume et demander un billet COSPLAY, rendez-vous au **106**
S'enfuir et faire demi-tour, rendez-vous au **147**

199

Vous profitez du moment de flottement pour courir à toute jambe à l'intérieur du parc des expositions. Vous en foulez l'asphalte, le coeur palpitant, avant qu'une force immense ne vous plaque au sol.

Le vigile de la sécurité ne semble pas très heureux de votre tentative d'intrusion. Non seulement il vous jete dehors, mais il prévient ses collègues de ne pas vous laisser entrer, même avec un billet valide.

Votre visite dans l'enceinte de la convention aura duré en tout et pour tout 3 secondes, ce qui, est, au fond, une forme de record. Il ne reste plus qu'à prendre les transports en commun et à rentrer chez vous en ruminant des excuses possibles que vous allez donner à votre petit frère.

[BAD ENDING N°7]

200

Vous tatez vos poches et faites semblant de fouiller votre sac de fond en comble.
"Je suis désolé, je pensais qu'il était là. Je dois l'avoir perdu."

Le bénévole hausse les épaules et vous demande de vous mettre sur le bas côté pour qu'il puisse scanner les billets des autres personnes.

Estimant que personne ne vous laissera entrer si vous n'avez pas le précieux sésame, vous revenez sur vos pas et vous vous dirigez vers la file pour acheter un billet sur place, direct au **87**

201

Si le YouTuber n'a même pas daigner vous regarder, vous, vous l'avez reconnu.

Si vous possédez déjà un AUTOGRAPHE DE BROZZO LE CLOWN, rendez-vous au **188**
Sinon vous pouvez l'engueuler en expliquant que vous étiez là avant, rendez-vous au **175** ou le flatter, rendez-vous au **81**

202

Si certains T-shirts proposent des slogans vus et revus tel *"POWNED NOOB"*, *"Pro-gamer"* ou *"le jeu vidéo à ruiné ma vie, heureusement j'en ai encore deux"* vous trouvez quelques T-shirts sympathiques.

Vous êtiez prêt à en acheter un mais vous vous apercevez qu'ils sont bien trop cher pour vous. Toutefois la vendeuse vous propose d'acheter un T-shirt "surprise" pour **5 euros** à condition de le choisir aux hasard, à la manière des lots secrets.

L'offre est intéressante.

Prendre le t-shirt n°1, rendez-vous au **33**
Prendre le t-shirt n°2, rendez-vous au **103**
Prendre le t-shirt n°3, rendez-vous au **240**
Partir du stand de t-shirt, rendez-vous au **98**

203

Vous voilà devant un stand vendant des perruques pour des cosplays. Celle-ci sont plutôt jolies, mais leur prix est bien trop cher pour votre budget.
De toute façon, vous n'en aviez pas vraiment besoin.

Revenir dans l'allée entre les boutiques au **35**

204

Vous vous levez de votre siège et quittez le stand en vous disant que si vous commencez à jouer aux jeux vidéos, vous risquez d'être parti pour toute la journée. D'autant plus que d'autres options s'offrent à vous.

Ainsi, vous pouvez faire la queue pour voir les nouveautés des jeux vidéos au **49**, regarder les conférences sur l'estrade au **223**, aller discuter avec la femme déguisée en lapin qui distribue des tracts, rendez-vous au **61** ou sortir de l'ESPACE JEUX VIDÉOS, rendez-vous au **32**

205

Il y a encore une nouvelle file d'attente monstrueuse et vous commencez un peu à en avoir marre. Toutefois, il est normal que les nouveautés en matière de jeux vidéos attirent du monde et vous tentez de prendre votre mal en patience.

Cependant après une demi-heure vous commencez à vous dire que vous perdez votre temps ici : la file n'avance pas car des petits malins sont scotchés au jeu auquel ils jouent et n'ont pas l'intention de lacher la manette. Le truc aurait été d'arriver avant eux, mais là, vous n'allez pas attendre éternellement et vous avez mieux à faire dans cette convention.

Vous pouvez aller sur le stand consacré à la licence *Touhou Project* au **137**, sur celui consacré aux jeux rétros au **242**, jeter un coup d'oeil aux conférences au **195** ou aller voir la personne déguisée en lapin géant et distribuant des tracts dans les allées au **136**
Ou bien sortir de l'ESPACE JEUX VIDÉOS, rendez-vous au **32**

206

Vous vous approchez d'un groupe d'une dizaine de cosplayeurs, majoritairement féminin. Seul deux garçons, l'un déguisé en Captain America, l'autre en Naruto semblent faire parti de ce groupe aux costumes assez hétéroclites. Ceux-ci sont absorbés dans leur conversation et ne vous regardent pas.

Vous n'êtes pas cosplayé, rendez-vous au **115**
Vous portez un COSPLAY DE PIKACHU, rendez-vous au **79**
Vous portez un COSPLAY DE FRISK SIMPLE, rendez-vous au **192**
Vous portez un COSPLAY DE FRISK RÉUSSI, rendez-vous au **52**

207

Planqué dans les bosquets, vous tentez de vous faire tout petit. Malgré son aspect initialement mignon, LA CRÉATURE rode et celle-ci risque de faire de vous son repas. Elle hume l'air à votre recherche et tente de vous pister.

Alors que vous pensez que tout est cuit, vous entendez le bruit des hélicoptères. Vous jetez un coup d'oeil vers le ciel : il s'agit de *LA PATROUILLE POKEMON* !! Une nuée de Tortank, d'Akwakwak, d'Aquali, de Kaïminus et un Kyogre géant sont parachûtés depuis le ciel. Un pompier Carapuce arrive à son tour en renfort.

LA CRÉATURE a à peine le temps de rugir que des trombes d'eaux dignes du déluge s'abattent sur elle. Son hurlement démoniaque retentit tandis qu'elle est noyée par les flots. Arrivé en Jeep, le PROFESSEUR CHEN se range à vos côtés.
"Et bien, on peut dire... que tu l'as échappé belle."

Le professeur Chen et vous, éclatez à l'unission d'un un grand rire enfantin avant d'être rejoint par tous les Pokemon de la forêt. "

Vous refermez la fan-fiction en vous demandant comment vous vous êtes retrouvé à la lire. Vous n'étiez pas censé trouver des autographes ?

[SUCCÈS N°9]

207. Un pompier Carapuce arrive à son tour en renfort.

208

Vos tentatives d'essais en calligraphie finies vous pouvez changer d'activité, en allant par exemple au stand d'Ikebana au **228**, voir les démonstrations d'Aïkido au **41**, faire un tour du côté des voitures japonaises au **19** ou sortir de la ZONE DES ACTIVITÉS JAPONAISES, rendez-vous au **90**

209

Vous désignez une fille assez élégante en cosplay d'Elsa. Celle-ci prend la pose et esquisse son plus beau sourire. Vous la photographiez.

Vous êtes en possession d'une PHOTO D'ELSA dans votre téléphone portable. Notez-le dans votre inventaire.

"Mon costume vous plait ? C'est encourageant pour le concours."
"Vous postulez pour un concours ?"
"Enfin, on montre simplement nos costumes, c'est la catwalk. Ca sera sur la scène dans une demi-heure."

Attendre ce show, rendez-vous au **237**
Vous rendre au stand de dédicaces au **173**

210

Vous décidez de vous rendre dans une boutique de tissus dès le lendemain. Malgré vos âpres négociations avec le vendeur, vous vous en tirez pour **5 euros** de tissus ce qui vous laisse assez d'argent pour rentrer cosplayé dans la convention. (Pensez à soustraire cette somme sur votre fiche d'inventaire.)

Vous optez pour coudre un costume de Frisk, le personnage principal du jeux vidéos *Undertale*, car celui-ci vous a l'air assez facile à faire.

Néanmoins vous débutez totalement dans la confection de vêtements et en effectuant votre costume, vous êtes confronté à un choix. Devez vous faire des points droits classiques sans vous embêter ou vous risquer à faire une couture invisible quitte à vous louper ?

Faire des points droits classiques, rendez-vous au **78**
Faire une couture invisible, rendez-vous au **100**

211

Vous voilà devant l'entrée principale. La longueur de la file d'attente pour rentrer dans le festival dépasse tout ce que vous aviez pu imaginer.

L'attente est d'autant plus pénible qu'il ne fait pas particulièrement un temps à rester dehors. Néanmoins, vous prenez votre mal en patience et réussissez même à avoir une discussion intéressante à propos de la dernière saison de

Steven Universe avec deux de vos voisins. La file d'attente fini par se divise en deux.

À l'endroit de la séparation, deux bénévoles scandent sur mégaphone leur fonction *"AVEC TICKET OU SANS TICKET"* Les deux hommes ont d'ailleurs l'air d'avoir manifestement perdu la raison à force de hurler cette simple consigne depuis des heures.

À vue d'oeil la file d'attente "AVEC TICKET" est largement plus courte que celle des "SANS TICKET" qui semble s'étendre à perte de vue. Un choix s'impose à vous :

Aller dans la file AVEC TICKET au **133**
Aller dans la file SANS TICKET au **87**

212

Tout fier, vous sortez le T-SHIRT de votre sac. Le vendeur le regard avec une moue dubitative.
"Mouaif. Si je veux un T-Shirt, j'ai qu'à aller dans le stand d'en face. En plus, comme ils me connaissent bien, ils vont me faire une réduc. Tu n'as pas autre chose à me proposer ?"

Vous remettez le t-shirt dans votre sac et cherchez autre chose, rendez-vous au **73**

213

L'attitude froide et hautaine de la cosplayeuse vous a déplu. Décidant de la faire tomber de son piedestal, vous sortez la CARTE DE VISITE DU DOJO et lui brandissez sous le nez.

"Écoute ma petite. Tu sais ce que c'est ? C'est la carte d'un club de karateka dont je suis ceinture noire, deuxième dan. Je suis capable de te mettre des atemi dans ton eipi et en trois secondes tu sentiras ton haito sortir de ton koteka. Alors, tu vas me signer cet autographe maintenant, vu ?"

Celle-ci ne répond pas et se lève pour aller chercher un bénévole. Vous attendez qu'elle revienne, mais ce sont finalement deux gardes de la sécurité du Parc Expo qui viennent vous cueillir. Ceux-ci vous demande de les accompagner car ils ont "quelque chose à vous expliquer."

Au final, ils ne vous auront pas expliqué grand chose lorsque 10 minutes plus tard ils vous jeteront en dehors de l'enceinte du Parc des Expositions. Vous voici à l'air libre , rendez-vous au **165**

[SUCCÈS N°10]

214

En se tournant vers vous, la femme-lapine fait un bond de trois mètres en arrière et pousse un hurlement. Il lui faut bien une ou deux minutes pour se remettre de sa frayeur surprise.

"Désolé, le fait de vous voir... ça m'a fait un choc. Depuis toute petite, j'ai toujours eu peur de ce personnage. J'en faisais des cauchemars. On a pas idée de se déguiser en ça."

"Vous avez peur des Pokemons ?" Demandez-vous.

"Non, de cet affreux film avec un clown sadique. Vous êtes bien déguisé en lui ?"

Le temps que vous trouviez une explication, celle-ci s'est remise distribuer des tracts à tour de bras tout en cherchant absolument à éviter de vous regarder. Vous laissez tomber et vous partez en quête d'autres activités.

[SUCCÈS N°11]

Après cette lose monumentale vous pouvez faire la queue pour voir les nouveautés Jeux vidéos, rendez-vous au **49**, vous rendre sur le stand de *Touhou Project* au **102** ou sur celui consacré au retro-gaming au **189**. Vous pouvez aussi regarder du côté de la scène s'il y a des conférences intéressantes au **223** ou sortir de l'ESPACE JEUX VIDÉOS, rendez-vous au **32**

215

Estimant qu'on ne doit pas déranger un VIP, vous le laissez se soulager dans la cabine des toilettes. La bénévole, est outrée par la façon dont cet individu lui est passé devant, avant d'avoir droit à une nouvelle crampe au niveau du ventre.

Brozzo ressort 5 minutes plus tard puis part sans même vous regarder ni se laver les mains. La bénévole part dans les toilettes tandis que vous en profitez pour sortir, rendez-vous au **120**

216

Si le stage 4 vous avait semblé compliqué, le stage 5 est un véritable enfer. Multipliant les tentatives, vous arrivez à venir à bout de *Sakuya*, son ennemi principal. Votre voisin, fan de *Touhou*, vous explique qu'au prochain niveau se trouve *Remilia Scarlett*, le boss du jeu. (Enfin "presque boss de fin, vu qu'il y a un boss caché" vous précise t-il.)

S'arrêter là, rendez-vous au **20**
Tenter d'atteindre Rémilia, rendez-vous au **222**

217

Vous franchissez l'espace consacré aux stands marchands et à ses boutiques. Malgré le peu d'argent contenu dans votre portefeuille, vous vous dites que vous pourrez peut-être y trouver quelque chose d'intéressant. En tout cas de nombreuses personnes se baladent entre les stands, jetant un coup d'oeil. Parmi elle, un cosplayeur furry avec une pancarte *"Free Hug."*

Aller sur le stand consacré aux livres sur les jeux vidéos, rendez-vous au **181**
Aller sur le stand de vente de t-shirts, rendez-vous au **162**
Aller au stand de perruques pour cosplay, rendez-vous au **203**
Jeter un coup d'oeil sur le stand de comic-books d'occasion, rendez-vous au **135**
Faire un calin au furry, rendez-vous au **150**

218

Vous exhibez au bénévole le superbe ticket que vous avez acheté sur internet. Celui-ci le scanne et vous laisse passer.

En ressortant de la file vous croisez un autre visiteur portant un lourd costume reproduisant celui de la créature du film *Predator*.
"Pas mécontent de rentrer" souffle-t-il.

Vous haussez les épaules. "Ça va, ça aurait pu être pire. Surtout quand on voit la file d'attente pour acheter son billet sur place."

"Vous savez, comparé à certaines files d'attente, c'est rien. L'an dernier, j'ai attendu une après midi entière pour une dédicace de Brozzo Le Clown. D'ailleurs à cette heure-ci, ça doit déjà être la cohue." Il vous regarde et lit sur votre visage en décomposition. "Vous deviez y aller ? Je serais vous, je me pointerais là bas le plus tôt possible."

Vous entrez à l'intérieur du Parc Expo, rendez-vous au **51**

219

Estimant que la file d'attente pour Brozzo le clown finira bien par se décanter, vous décidez de faire un tour sur le stand d'un YouTuber que vous ne connaissez pas. Vous optez pour celle du *Roi des Sandalettes*, dont le nom vous fait bien rigoler.

Vous tombez sur un garçon un peu bizarre.
"Bonjour, c'est pour quoi ?" Vous demande t-il.
"À l'origine, j'étais venu pour faire la queue sur le stand de Brozzo, mais je me suis dit que j'allais essayer le votre par curiosité. Elle parle de quoi votre chaine ?"

Le garçon se met alors à se lancer dans une longue explication dont vous n'avez retenu que quelques bribes : apparemment c'est une websérie qui parle de maison abandonnée, de Fortnite et de théories sur la sexualité des personnages de Nintendo. Celle-ci a commencé depuis des années et comporte une foultitude de personnages, intégralement joués par lui et son ami d'enfance et devrait s'étaler sur 5 ou 6 saisons supplémentaires. "Mais faudrait que j'atteigne le palier des 500 abonnés, alors n'hésitez pas à en parler autour de vous."

À l'issue de cette passionnante (et interminable) discussion unilatérale, vous vous en tirez avec un mal de crâne et un AUTOGRAPHE DU ROI DES SANDALETTES que vous pouvez noter dans votre inventaire.

Décidant qu'il est temps de faire plaisir à votre petit frère, vous décidez de faire la file d'attente pour Brozzo le clown, rendez-vous au 196

[SUCCÈS N°12]

220

Le garçon déguisé en Naruto semble assez dythirambique.

"Hé cool : un cosplay tiré d'*Undertale*."

Vous commencez tous les deux à entamer une conversation autour de ce jeu vidéo quand, à côté de lui, une jeune fille déguisée en Elsa de la *Reine des Neiges* s'approche de vous.

"C'est du fait main ou c'est un ami qui te l'a fait ?" demande-t-elle en désignant votre costume. Vous lui répondez que vous avez essayé de le coudre vous même. Vous échangez ensemble des difficultés que vous avez eu. Bientôt les autres cosplayeurs se joignent à votre conversation. Lorsque la prestation débute vous n'avez pas vu le temps passer.

Accompagné d'Elsa et d'un cosplayeur déguisé en Captain America, vous prenez place dans la file d'attente pour passer sur la scène. Elsa monte sur scène pour défiler devant le public puis votre tour arrive. Un bénévole vous prend LE TICKET NUMÉROTÉ que vous pouvez rayer de votre inventaire, rendez-vous au **163**

221

La démonstration de karaté est menée par un petit professeur nerveux. Toutefois, il explique de façon assez brève les techniques les plus célèbre de l'art martial. Face à lui, des amateurs s'exécutent de manière plus ou moins réussies. On arrive à voir qui a déjà pratiqué et qui est juste venu pour la démonstration.

À vrai dire, mis à part le moment où un élève a mis une claque sans le faire exprès à un autre, ce fut un cours parfaitement banal et didactique de karaté.

Qu'allez vous faire maintenant ?

Pour regarder l'animation suivante, un cours d'Aikido, rendez-vous au **41**
Jeter un coup d'oeil au stand d'Ikebana au **183** ou au stand des *activités japonaises diverses* au **134**
Vous pouvez aussi flâner en direction de la rangée de voitures située au **40** ou sortir de la ZONE DES ACTIVITÉS JAPONAISES, rendez-vous au **90**

222

Malgré les gargouillements de votre estomac signifiant que vous avez peut-être passé trop de temps sur ce jeu et que la pause du midi doit être passée, vous enchaînez les tentatives. Après de nombreux échecs, vous arrivez enfin devant le boss de fin du jeu, *Rémilia Scarlett*. Le boss est superbe et l'affrontement qui s'annonce va être épique.

Toutefois, vous sentez une main sur votre épaule. C'est celle d'un vigile du parc des expositions : "Je suis désolé mais la convention va bientôt fermer ses portes. Vous êtes prié de vous lever et de sortir de l'enceinte du parc expo."

Ne sachant pas trop quoi dire, vous le suivez. Dix minutes plus tard, vous êtes déjà en dehors de la convention, rendez-vous au **165**

[SUCCÈS N°13]

223

Vous vous approchez de l'estrade devant laquelle se trouve une rangée impressionnante de chaise. Pour l'instant a lieu une conférence sur les éditeurs indépendant dans le jeu vidéo, et celle-ci est loin d'être passionnante. On trouve deux personnes assez peu à l'aise avec un micro, relatant des anecdotes inutiles avec un verbiage assez compliqué.

Pour s'installer tout de même devant la conférence, rendez-vous au **86**
Vous pouvez aussi faire un tour au stand de *Touhou Project* au **102**, sur le stand des vieilles consoles de jeux vidéos au **189**, faire la queue pour les nouveautés jeux vidéos au **49**, demander des informations à la femme avec des oreilles de lapins distribuant des tracts au **61** ou sortir de l'ESPACE JEUX VIDÉOS, rendez-vous au **32**

224

Utilisant la force qui vous reste, vous lancez la Pokeball en direction de la tête du Salamèche. Cela semble fonctionner puisque le Pokemon se retrouve à l'intérieur de la balle. Celle-ci s'agite, s'agite, s'agite. Puis s'arrête.

"Yes" vous écriez vous avant de déchanter en voyant la Pokeball littéralement exploser, vous blessant avec des éclats de fer. Si les éclats ne vous coûte qu'un 1 seul point de vie, l'attaque du Salamèche déchainé contre vous vous coûte vos 2 POINTS DE VIE restant.

Vous êtes mort, et bel et bien mort.

225

À peine avez vous franchi l'entrée de l'espace cosplay que la bénévole qui vous avait inscrit à la catwalk s'avance vers vous. Elle semble furieuse et ses oreilles de chats (pourtant fausse) semblent elles aussi frémir.
"Qu'est ce que vous faisiez ? Je vous ai dit que le concours allait commencer d'ici peu. Pourquoi n'êtes vous pas venu ? On a l'air de quoi nous, si les gens qui s'inscrivent ne viennent pas ?"

Vous bredouillez quelques excuse avant qu'elle ne reparte dans la foule. Visiblement votre TICKET NUMÉROTÉ ne vous servira à rien. Vous pouvez le déchirer et le rayer de votre inventaire.

[SUCCÈS N°14]

Une fois les miettes étalées sur le sol, qu'envisagez vous de faire ?

Vous balader du côté du stand des dédicaces, rendez-vous au **173**
Jeter un coup d'oeil aux prestations cosplay sur scène, rendez-vous au **112**

226

Comme c'est parfois le cas dans plusieurs Parcs des Expositions, les toilettes où vous vous rendez sont mixte, ce qui fait qu'une file d'attente monstrueuse se tient devant la porte. La bénévole qui vous accompagne, une femme aux cheveux blonds, coiffée avec une queue de cheval, vous explique qu'elle a décidé de profiter de l'occasion pour prendre sa pause pipi, c'est donc à deux que vous vous retrouvez dans la file.

Vous lui faites faux bond et vous en profitez pour vous eclipser, rendez-vous au **197**
Vous jouez le jeu jusqu'au bout et vous l'accompagnez dans la file d'attente, quitte à perdre du temps, rendez-vous au **117**

227

Le jingle assez reconnaissable d'*Alex Kidd In Miracle World* retenti au moment où vous vous emparez de la manette de la vieille console de jeu vidéo.

Au bout d'une partie de 30 secondes à peine, vous avez déjà perdu contre un monstre en forme de créature volante. Vous tentez de refaire une partie mais au cours de votre seconde tentative, l'écran fait apparaître de drôles de carrés puis se bloque. Cette console ne fonctionne plus.

Tenter de jouer à Super Mario, rendez-vous au **149**
Plutôt jeter votre dévolu sur PONG, rendez-vous au **37**
Partir du stand, rendez-vous au **204**

228

Les deux dames japonaises qui tiennent le stand d'Ikebana sont en pleine discussion avec les visiteurs. Le stand est décoré avec différentes compositions florales. Sur le mur se tiens un panneau expliquant le principe de cet art.

"L'Ikebana (生け花?), également connu sous le nom de kadō (華道/花道?), « la voie des fleurs » ou « l'art de faire vivre les fleurs », est un art traditionnel japonais fondé sur la composition florale. "
S'ensuit une longue description de l'Ikebana que vous n'avez pas le temps de lire. Peu intéressé par cette activité.

Jeter un coup d'oeil à la démonstration d'Aïkido encore en cours sur le tatami de la zone des arts martiaux, rendez-vous au **41**
Vous rendre sur le stand des activités diverses, rendez-vous au **14**

Faire un tour du côté des voitures japonaises, rendez-vous au **19**
Quitter la ZONE DES ACTIVITÉS JAPONAISES, rendez-vous au **90**

229

Vous sortez de votre sac le PRINT de TANUKETTE COSPLAY. Celle-ci le prend et fait un autographe rapide dessus avant de vous le rendre avec un sourire de publicitaire.

En vous éloignant du stand, vous mettez votre nouvelle acquisition dans votre sac. Vous pouvez noter L'AUTOGRAPHE DE TANUKETTE COSPLAY. Adjoint à cet autographe se trouve le numéro *43* que vous devez aussi garder en note.

Vous reprenez votre chemin

Vous décidez de jeter un coup d'oeil à la scène cosplay, rendez-vous au **112**
Vous sortez de la ZONE COSPLAY, rendez-vous au **38**

230

Au bout de plusieurs tentatives infructueuses, vous réussissez enfin à accéder au stage 4. À vous la victoire. Néanmoins, vous finissez par buter sur *Koakuma*, puis sur *Patchouli*, dont la difficulté vous semble démoniaque.

Si vous décidez de vous arrêter là, rendez-vous au **20**
Si vous souhaitez multiplier les tentatives pour battre Patchouli, rendez-vous au **231**

231

Vous acharner sur le jeu afin de décrocher la victoire va finalement porter ses fruits, puisqu'après plusieurs tentatives répété, Patchouli trépasse, vous laissant accéder au stage 5.

Vous avez assez joué comme ça, il est peut-être temps de s'arrêter, rendez-vous au **20**
Tenter de battre le boss du stage 5, rendez-vous au **216**

232

Un barbu aux cheveux roux souhaite trouver quelqu'un pour l'affronter à *Mario Kart* sur Super Nintendo. Vous acceptez.

Ceci dit, vous êtes habitué à la version Wii de ce jeu et la prise en main est difficile. Toutefois, vous arrivez à vous débrouiller et finissez par coiffer votre adversaire sur le poteau. Fair play, celui-ci salue votre victoire et s'en va jouer sur un autre jeu. Vous faites de même.

Jouer à Pong, rendez-vous au **148**
Jouer à Metal Slug, rendez-vous au **50**
Jouer à Alex Kidd, rendez-vous au **6**

Partir du stand, rendez-vous au **243**

233

Vous tendez le pinceau à l'adolescent cosplayé en Naruto. Celui-ci, dans un geste de précipitation renverse l'encrier qui se trouvait sur la table sur vos vêtements. Vous voilà les vêtements plein de tâches. Afin d'éponger les tâches d'encre, quelqu'un propose que vous vous rendiez aux toilettes. Vous y allez de ce pas, rendez-vous au **171**

234

Vous succombez à l'enthousiasme du garçon et vous vous inscrivez au cours de calligraphie.
Pourtant les dix premières minutes sont loin d'être fun, l'animateur vous fait un exposé sur l'art de l'écriture à la japonaise, le shodo et les différentes techniques. Vous suivez le cours d'une oreille distraite.

Viens le temps de l'écriture. Vous et le garçon cosplayé en Naruto êtes face à une longue feuille, le pinceau à la main, un bol d'encre non loin. Qu'allez vous faire ?

Partir en free-style et tenter de faire un beau geste, rendez-vous au **238**
Tenter d'imiter le premier mot japonais que vous voyez, rendez-vous au **23**
Donnez le pinceau à Naruto, rendez-vous au **233**

235

Vous vous éloignez de la foule et vous vous acheminez vers le premier arrêt de bus venu. En attendant celui-ci, vous jetez un coup d'oeil au Parc des Expositions au loin. La promesse d'une journée à faire des activités de geeks n'aura même pas dépassé ses grilles.

"Tant pis" dites vous tout en tournant la tête et en mettant les oreillettes de votre baladeur mp3 dans vos oreilles. Après une longue attente de bus, vous finissez par rentrer chez vous pour vous affaler devant la nouvelle saison d'une quelconque série à la mode.

Votre petit frère sera déçu en apprenant que vous étiez rentré bredouille. À ce jour, vous êtes toujours fâché tous les deux, malgré vos promesses répétées que, promis, l'an prochain, vous y retournerez tous les deux.

[BAD ENDING N°8]

236

Vous franchissez l'intérieur de L'ESPACE JEUX VIDÉOS qui est déjà très bruyant à cette heure-ci.

Vous flânez dans les allées à la recherche d'un stand qui serait consacré à *Overwatch*, votre petit frère voulant la dédicace d'un joueur expert de ce jeu vidéo. Il n'y a rien qui ressemble à ça.

Toutefois, quelques stands attirent votre attention : un stand nommé *Touhou Project* où se trouve de nombreux jeux en libre service ayant pour but d'éviter des projectiles. Un autre propose d'essayer des nouveautés de jeux vidéos sur des consoles modernes. Enfin un autre stand, plus loin, est consacré aux vieilles consoles.

Au bout de L'ESPACE JEUX VIDÉOS se trouve une scène où semble être données des conférences, à l'autre bout, une jeune femme déguisée en lapin sexy distribue des tracts.

Vous rendre au stand *Touhou Project*, rendez-vous au **102**
Faire la queue pour les nouveautés jeux vidéos, rendez-vous au **49**
Flâner du côté des vieilles consoles de jeux vidéos, rendez-vous au **189**
Regarder les conférences sur l'estrade, allez au **223**
Demander à la femme lapin si elle ne connaitrait pas un stand consacré à *Overwatch*, allez au **61**

237

Après une attente de trois quart d'heure le concours cosplay démarre enfin. Vous apprenez qu'il s'agit juste d'un concours amateur, une "catwalk" dans laquelle les personnes défilent sur scène le temps de prendre quelques poses.

L'événement n'est pas bien long, une vingtaine de

participant seulement ayant décidés de passer sur scène. À la fin un petit prix est remis aux trois meilleurs cosplays en jugeant à partir des applaudissements du public. Sans surprise les cosplays de Captain America, d'Elsa de la *Reine des Neiges* et d'un des soldats de l'*Attaque des Titans* remportent des prix. Une personne à votre droite semble chuchoter que ce type de vote devrait être interdit, car les spectateurs ont plus tendance à voter pour un personnage qu'ils aiment plutôt que pour les finitions des costumes.

Une fois cela fini une partie du public se disperse tandis que d'autres personnes attendent le prochain show, qui selon des rumeurs entendues autour de vous, serait bien meilleur.
Attendre le prochain concours, rendez-vous au **25**
Vous rendre sur le stand des dédicaces au **173**
Sortir de la ZONE COSPLAY, rendez-vous au **38**

238

Imitant un maitre de la calligraphie que vous avez vu à la télévision, vous tentez de tracer d'un trait vigoureux la feuille de papier. Hélas, vos tentatives se soldent par un échec : le pinceau fait des gros pâtés sur la feuille que vous pliez et trouez lamentablement. Le résultat est pitoyable.

Jeter la feuille avant que quiconque ne vous voit, rendez-vous au **101**
Tenter de bricoler un truc, rendez-vous au **154**

239

Après une semaine à tenter de mettre en forme un cosplay de Pikachu à base de carton, de colle, de tissus issue d'un rideau et d'un abat jour récupérés dans la cave, le résultat est plus risible qu'autre chose.
Vous obtenez un COSPLAY DE PIKACHU. Notez cette possession sur votre feuille d'inventaire.

Puis, rendez-vous à la convention au **211**

240

Bravo vous avez gagné un t-shirt *"Les jeux vidéos ont gâchés ma vie, il m'en reste 2"*
Le gag est bon, mais vous avez l'impression d'en avoir déjà vu deux ou trois t-shirts similaires dans la file d'attente. Bonjour l'originalité !

Néanmoins, il faudra retrancher **5 euros** de votre somme dans l'inventaire et y noter T-SHIRT JEUX VIDÉOS. Vous pouvez partir du stand de T-shirts au **98**

241

Vous tapotez l'épaule des personnes devant vous afin d'attirer leur attention et commencez à leur parler de votre petit frère. Vous vous lancez dans un exposé sur sa requête, du fait qu'il est à l'hôpital en ce moment et évoquez, avec des sanglots dans la voix, l'amitié qui vous lie tous les deux.

Rien n'y fait. Ils estiment qu'ils étaient là avant vous et que vous pouvez bien attendre. Et donc... vous attendez, rendez-vous au **185**

242

Une dizaine de consoles de jeux vidéos du passé se trouvent sur une longue table. Malgré leur graphismes datés, de nombreuses personnes trouvent plaisir à y jouer, soit pour y retrouver un souvenir d'enfance, soit pour s'essayer à un jeu connu. Le gérant, un homme barbu et massif, est dans une discussion animée avec un visiteur.

Jouer à Pong, rendez-vous au **148**
Jouer à Mario Kart, rendez-vous au **232**
Jouer Metal Slug, rendez-vous au **179**
Sortir du stand avant même d'avoir commencé, rendez-vous au **243** (juste en dessous donc)

243

"Allez, la nostalgie, c'est fini" vous dites vous en sortant du stand consacré au retro-gaming.

Pour faire la file d'attente pour tester les nouveautés en matière de jeux vidéos, rendez-vous au **205**, pour le stand consacré à *Touhou Project,* allez au **137**, pour jeter un coup d'oeil aux conférences, allez au **195**, pour voir la personne déguisée en lapin géant et distribuant des tracts dans les allées, rendez-vous au **136** ou pour sortir de l'ESPACE JEUX VIDÉOS, rendez-vous au **32**

244

À peine êtes vous rentré que la porte s'ouvre violemment derrière vous. Un type avec une veste bien taillé et les cheveux bruns fait son apparition. Vous le reconnaissez : c'est Brozzo le clown. Sans un mot il se précipite en direction de la cabine des toilettes, bousculant la bénévole que vous accompagniez.

Le laisser faire, rendez-vous au **215**
L'alpaguer, rendez-vous au **201**

Lexique :

Pour les quelques personnes n'ayant pas l'expérience des conventions et des milieux geeks, voici une explication de certains termes fréquemment utilisés dans le livre.

Cosplay : Activité consistant à reproduire ou à porter le costume d'un personnage célèbre fictif ou non. La pratique du cosplay peut être parfois accompagné d'une prestation sur scène lors d'un concours.

Cosplayeur/Cosplayeuses : Personne pratiquant le cosplay.

Free Hug : Activité consistant à prendre une pancarte et à écrire que l'on offre un câlin gratuit à tout ceux qui en veulent. Il est à noter que c'est aux passants de faire un câlin aux gens qui portent la pancarte et non l'inverse. Sinon, c'est de l'abus.

Furry : Activité consistant à se déguiser en un costume d'animaux aux traits cartoonesques, proche de ceux porté par les mascottes de parc d'attraction.

Jeux vidéos : Livre dont Vous êtes le héros, mais sur un ordinateur.

Naruto : Célèbre manga. Aurait dû s'arrêter à l'arc Pain.

Retro-gaming : Activité consistant à jouer à des « vieux » jeux sortis depuis plus de 15 ans.

Tori : Tu vois l'espèce d'arche japonaise avec une forme bizarre ? Et bah c'est ça.

Twitch : Plateforme de vidéo en ligne principalement très prisé pour les performance en direct, notamment les gens jouant aux jeux vidéos face à un public.

Undertale : Jeu vidéo indépendant de Toby Fox.

YouTube : Plateforme de vidéos en ligne très prisé pour les vidéos qui ne sont pas en direct.

YouTuber : Personne animant une chaine YouTube. Pire espèce d'être humain que la terre ai jamais portée.

Liste des succès :

Écrire un Livre Dont Vous Etes le Héros fut une expérience assez amusante, et par facétie, j'ai placé des fins particulièrement stupides, des situations absurdes et des easter eggs.

Toutefois, j'ai eu peur qu'en ayant envie d'aller à la meilleure fin possible, le lecteur ne les lira pas.

Du coup, afin de prolonger l'expérience, j'ai placé par-ci par là des succès à la manière des jeux vidéos, ainsi qu'un compteur des différentes fins et une liste d'objets que vous pouvez peut-être obtenir, pour vous donner envie de refaire des choix que vous n'aviez pas tenté.

Objets trouvés:

Autographe du
Roi des Sandalettes □

Calligraphie □

Cosplay de panda
en papier □

Fleur fanée □

Origami □

Photo de groupe □

Photo Floue □

Ticket numéroté □

T-shirt Jeux Vidéos □

Fins obtenues:

GOOD ENDING ☐

BAD ENDING N°1 ☐

BAD ENDING N°2 ☐

BAD ENDING N°3 ☐

BAD ENDING N°4 ☐

BAD ENDING N°5 ☐

BAD ENDING N°6 ☐

BAD ENDING N°7 ☐

BAD ENDING N°8 ☐

BAD ENDING MAUDITE ☐

Succès:

SUCCÈS N°1: Le Panda de la triche □

SUCCÈS N°2: Bide Intersidéral ! □

SUCCÈS N°3: *Me and the Boys* □

SUCCÈS N°4: Pourquoi, tu chie de l'or ? □

SUCCÈS N°5: Faux Monnayeur □

SUCCÈS N°6: Là où on va, on a pas besoin de routes □

SUCCÈS N°7: Satisfaction □

SUCCÈS N°8: Sur un malentendu, ça pouvait peut-être marcher □

SUCCÈS N°9: L'Aventure Parrallèle □

SUCCÈS N°10: Tar' ta gueule à la récré □

SUCCÈS N°11: Pikamoche □

SUCCÈS N°12: Lâche ton pouce bleu □

SUCCÈS N°13: Addiction □

SUCCÈS N°14: J'ai pas vu le temps passer □

Remerciements

Merci à *Yurie Lottie* pour le dessin de couverture, de certains dessins intérieurs pour ses retours, ses nombreux encouragements durant l'écriture de ce livre et son amour.

Merci à *Joshua* pour la relecture de la première édition et la traque aux erreurs, ainsi qu'*Hermy* pour le feed-back. Merci aussi au webmaster du site *livre-jeux.fr* (http://livres-jeux.fr/) de m'avoir fait un retour constructif sur la première édition du livre.

Merci à *Slaine* pour s'être proposé d'illustrer quelques bidouilles à l'intérieur.

Merci à *Savyr, Fiestag et Milfex* pour leur retour première édition de la couverture, ainsi que *Ermite Moderne* et *Sasha Brownie*, qui, involontairement, m'ont donnés l'idée d'écrire ce livre.

Ce livre n'aurait pas pu s'écrire sans le programme Gamebook Authoring Tool : (Gbat)

`http://www.crumblyheadgames.co.uk/the-gamebook-authoring-tool/`

Merci à toutes celles et ceux qui m'ont encouragés à continuer et m'ont laissés des avis positifs ou constructifs.